書下ろし

時代小説

梅《うめ》灯《あか》り

橋廻り同心・平七郎控⑧

藤原緋沙子

祥伝社文庫

目次

第一話　まぼろし　5
第二話　報復　89
第三話　白雨《はくう》の橋　197

第一話　まぼろし

一

亀戸《かめいど》の天満宮境内《てんまんぐうけいだい》に咲き競う梅の香は、総門を出て一の鳥居から天神橋《てんじん》に向かう道筋にも漂っていた。

「久しぶりにお参りして気が晴れました」

おこうは、神社でひいたおみくじを大切そうに折りたたむと、まだ小娘のように頰《ほお》を染めて胸元に押し込んだ。

おみくじは吉で、神棚に供《そな》えるのだと持って帰って来たのである。

余程嬉しかったらしく、横に並んで歩く立花平七郎《たちばなへいしちろう》の横顔を見上げて、くすりと笑った。そのしぐさや表情を垣間《かいま》見る限り、厳しいネタ争いの場に身を置く読売屋『一文字屋』の女主人にはとても見えない。

「俺も久しぶりだ。母上に頼まれごとをされない限り、こんなところに来ることはないからな」

平七郎もつられて笑った。平七郎の懐《ふところ》には、神社で授かったお札がある。

母の里絵《さとえ》が昨年この亀戸の天神様でお札を頂いていたのだが、今年は正月早々から風邪をひいて、旧年のお札を返すこともかなわないと気に病《や》んでいた。

それで平七郎が非番を利用してその役を買って出たのだが、札を返すばかりでは子供の使い、母を喜ばせてやろうと新しいお札を買い、万病に効くという天神様の梅干しもみやげとして一袋加えての帰りだった。

人の往来は絶える事もなく、特にこの神社は子供連れが目立つ。

叶えられなかった親の思いを子に託すというのは、いつの時代も同じのようで、菅《すが》原道真《わらのみちざね》に手を合わせ、健康はむろんのこと、読み書き算術に秀《ひい》で、末は人も羨《うらや》む立身を遂げよと願うためらしい。

しかし、そんな親子も神殿に参ったあとは、境内に並ぶ凧《たこ》屋やおもちゃ屋に立ち寄って、なにがしかのおもちゃを求めて帰って行く。

二人の目の前を歩く商家の親子連れも、女の子は大きな手まりを、男の子は鷹《たか》の絵の凧を買ってもらっておおはしゃぎで歩いていく。

女の子は七、八歳、男の子は六、七歳、姉と弟のようである。

弟は今すぐにでも凧を揚げたくてしょうがないらしく、凧を頭の上にかざし人の波をかき分けて帰りを急ごうとするのだが思うにまかせない。前からやって来た人に当たって嫌な顔をされ、それを見た姉が弟を叱《しか》った。だが弟はそれを聞き入れるどころか、姉の胸を突いた。それに怒った姉が、弟の頭をぱちんとやったから、弟は泣き出した。

人の眼が一斉に二人の姉弟にそそがれた。姉は慌《あわ》ててさらに小言で弟を叱っている様子だったが、弟はきっと睨《にら》みつけるや、姉に頭突きを食らわせた。すると姉の手にある手まりが転がっていった。

姉は大慌てで手まりを追っかけこれを抱き留めたが、ついにしくしく泣き出した。

二人の先をゆったりと歩いていた母親が、ここでようやく気づいたらしく引き返して来た。そして二人を並べて叱り始めた。

平七郎とおこうは、そこで親子連れを追い越して、母親の叱る声と子供たちの泣き声を後にしながら天神橋に向かったのだが、その光景は麗《うるわ》しく見えた。

子を叱っている母親の頰には、一家を支える妻としての落ちつきがあり、日々の暮らしが幸せなのが見て取れた。

――いつの日か、あのような光景の中に自分がいることが出来たなら……。

おこうは微《かす》かな羨望《せんぼう》を抱いた。だが、

「平七郎様のお小さい頃もあのように、きかん坊だったんでしょうね」

違う言葉が口をついた。

「ふっ」

平七郎は笑って見返すと、

「俺はおこうの昔を見たような気がしたな。いや、あの女の子よりもっとおてんばだったんじゃないか」

「いじわる」

おこうは膨《ふく》れた。

二人の間には互いの昔がよみがえっている。それは平七郎の父が大鷹と呼ばれた敏腕の定町廻りだった頃、おこうは父の先代一文字屋総兵衛《そうべえ》に連れられて時折役宅にやってきたが、その折、親同士が座敷で話し込んでいる間に二人で遊んだことがあったからだ。ただ、相手のやんちゃなおてんばぶりを見てきたという訳ではない。ふと先ほどの姉弟に昔の遊び相手の一面を見たような気がしたのである。

だが、今そばにいるのは昔のおこうではない。サナギが蝶になったようなおこうの横顔をちらりと見た平七郎は、妙にどきりとして、その視線を外したが、そこに懐《なつ》かしい姿を見て驚いた。

「おこう、あれは珍念《ちんねん》じゃないか」

天神橋の上に、少年の僧が立って托鉢《たくはつ》をしていた。

素足に草鞋《わらじば》履き、薄い小袖にくたびれた衣を着て、網代笠《あじろ》を被って鉢を手にして経をとなえている。

「やっぱり珍念だ」

「ええ」

二人は足を速めた。

珍念とは、楓《もみじ》川に架かる弾正《だんじよう》橋の東、南町代地《だいち》の小さな廃寺に寝起きする小僧である。

一年数ヶ月前に平七郎が会った時には、寄る辺《べ》をなくした孤児僧で、弾正橋で般若《はんにや》心経《しんぎよう》をとなえて人々の喜捨にすがっていた。

だが、珍念にはその橋に立つ別の楽しみもあった。

橋の西袂《たもと》の油屋の主おみのに、母への思慕にも似た思いを重ねていたのである。

なにしろおみのは、珍念の姿を見ると欠かさず某《なにがし》かの物を袖の下に忍ばせて橋を渡ってきて、珍念に施《ほどこ》してくれるのである。

おみのの施しで自身が生かされている。そんな感謝とともに、生き別れになった母の姿を追っている珍念にとっては、おみのは母の面影に繫《つな》がるぴったりの女《ひと》だったのである。

当時平七郎は、北町奉行所臨時廻り同心の八田力蔵《はったりきぞう》の素行を調べよと、奉行の榊《さかき》原主計頭忠之《ばらかずえのかみただゆき》から密《ひそ》かに命じられていた。

橋廻りの平七郎が榊原の密命を帯び、探索していることは同僚の平塚秀太《ひらつかしゅうた》でさえ知らないことなのだが、他の誰にも任せられない難しい事件にかぎって、榊原は平七郎に探索を命じることがある。八田力蔵の場合もそれだった。

調べていくうちに、それは八田力蔵と別れた妻おみの（美野）の素姓をめぐる強請《ゆす》りと、大がかりな抜け荷がからんだ複雑な事件だと判明したが、珍念の証言もあって事件は解決したのであった。

おみのは事件解決後八田と元の鞘《さや》におさまった。一人娘を囲む幸せな暮らしを取り戻すことが出来たのだが、珍念のことが気になっていたようだ。

珍念は三つにも満たない頃に、寺の門前に捨てられていたのだと言われていた。だから和尚《おしょう》が亡くなり寺が廃寺となった後も、一人でその寺に住み続けていたのである。

そこでおみのは事件が解決した後のことだが、珍念に一緒に暮らそうと誘ったのである。

だが珍念は断ったのだ。

一人で廃寺に暮らすのは寂《さび》しいのじゃないか……おみのの意を聞いた平七郎が珍念に尋ねると、

「寂しくなんかないや」

珍念はそう言って寺の方に駆けて行ったのである。

万感の思いをふりきって子供の意地をみせた小さな珍念の後ろ姿を見送ってから、実に一年近くになる。

珍念は少し少年らしくなっていた。遠くから見ても背が少し高くなっているのが一目でわかった。ただ、着物が古くなり短くなって、にょきっと出た二本の脚が春先とはいえ寒々しく見えた。

「無事生きていたようだな、珍念」

椀に一朱の金を落とし入れて平七郎が声をかけると、

「平七郎様！」

珍念は驚いた顔を上げた。すっかり日焼けして、つぶらな瞳が懐かしさに輝いている。

「どうだ、そこに美味《うま》い蕎麦《そば》屋がある。行こう」

平七郎は誘った。

「あれからどうしているのかと、楓川に出向いた時にはお前の姿を捜していたのだが、一度もお前に会えなかったな」

平七郎は、蕎麦を掻き込んでいる珍念の顔を見ながら言った。

「うん。もうあんまりあの橋には行ってないんだ」

珍念は言いながら手を休めることはない。

「そうか、行ってないのか……」

平七郎は赤く染まった珍念の頬を見た。

蕎麦をすするたびに頬は忙しく膨らんで、旺盛な食欲をみせているが、よほど空腹だったのかと思うと一抹の哀れさが湧く。

「すると、あれ以来美野殿には会ってはいないのだな」

珍念は、うんうんと頷《うなず》きながら、口の中に放り込んでいた蕎麦をごっくんと飲み込んで、どんぶりの中の汁も綺麗に飲み干すと、ようやく一息ついたような顔をして平七郎を見返した。

「ごちそうさまでした」

忘れず合掌《がっしょう》すると、

「おいらももう子供じゃねえ、おみの様に迷惑はかけられねえ、そう思ってよ……それに、本当に困った時には訪ねて来いって平七郎様だって言ってくれただろ。だから鬼に金棒さ、おいら」

「うむ」

しかし珍念は一度も訪ねて来ていない。今日のように腹を空かしている日もあった筈だが、珍念は平七郎にさえ頼ることなく一人で暮らしてきたらしい。

少年らしくなったとはいえまだ十二歳。和尚が亡くなって独り立ちを余儀なくされた珍念には、他の子にはない強い自立の心が備わっているようだった。

「それで、まだあの寺に住んでいるの？」

おこうが感心して聞いた。

「住んでるよ」

「そう、おっかさんに早く会えるといいわね」

「おいら、夢の中でおっかさんに会ったんだぜ」

珍念は嬉々《きき》とした顔で言った。

「ほう……おっかさんの顔を覚えていたのか」

「ぼんやり……で、おいら気づいたんだけど、おいらはおっかさんにあの寺に置き捨てにされたんじゃねえ、橋の上でおっかさんとはぐれたんだってわかったんだ」

「何……橋の上……夢の話か」

「ああ、おいらには名前もわからない橋だけど、夢のお陰でいろいろ思い出したんだ。おっかさんと別れた日は、今日のように寒い日だった」

「………」

平七郎は、おこうと顔を見合わせた。

夢とはいえ珍念の真剣な表情から、まんざら無視出来ない話かもしれぬという気持ちが起こった。

「よし、珍念、話してみろ。俺は橋廻りだぞ、どんな橋だったのだ?」

平七郎は言った。

この江戸には数えきれない、橋廻りの平七郎たちも把握しきれない無数の橋が架かっている。

なかには公儀の架橋普請とは関係なく、町人が自主的に架けた橋も多数あるが、そんな無名の橋でも付近の状況さえ分かれば、どこに架かったものかわからぬものでもない。

「例えばどんな人を見たとか、橋袂にどんな店があったとか……」

「神社の近くじゃなかったかと思うんだ」

「どうしてわかる?」

「着飾ったおっかさんに手を引かれた子供たちや、お札を持ってる人もいたような気がするんだ……」

「すると何か、今日そこの天神橋に立っていたのは……」

「夢の中の橋と似てると思ってさ、何かもっと思い出せるかもしれないって」

珍念の脳裏にはある風景が映っていた。

橋の上に母に手を引かれてやって来た時である。ぐるぐると腹が鳴った。珍念は腹が空いてもう一歩も歩けないでいる。

珍念の頭の中には、先ほど目にした他所《よそ》の子が口に入れていた菓子や団子ばかりが浮かんでは消える。

なんとなく自分がそんな物を欲しがってはいけないとはわかってはいたが、これ以上歩き回る元気がなくなっていた。

手を引かれながら涙が止めどもなく流れて来て、声を出して泣き、やがてしゃくりあげた。

ようやく母が気づいて立ち止まり、何か話しかけてくれた。

何をしゃべったか覚えていないが、母は珍念をそこに置いて橋を下りていく。

珍念は膝《ひざ》を抱えてそこに座った。

どこからか梅の香りが漂って来た。

ふと首を回すと橋袂の土手に梅の花が咲いていた。

その梅の花をぼんやり見ていたが、日が西に傾いて橋の上は風が冷たくなった。長い間一人でいることに珍念は気づいた。

珍念は母がもう自分のところに戻って来ないのだと思った。思った途端、不安と空腹で涙が溢《あふ》れた。

今度は大声を出して泣いた。

子供心に、大声を出せば母に届くに違いないと思った。

だが、母は戻って来なかった。

泣くしかすべのない珍念は、声が出なくなっても泣いていた。

すると、

「よしよし、おっかさんとはぐれたか……案ずることはないぞ」

珍念の顔を覗《のぞ》いた人がいる。

それが、珍念を拾ってくれた和尚だった。

夢は、何度見てもそこで途切れた。

「平七郎様……」

珍念は、そこまで話すと哀しそうな顔をして平七郎を見て言った。

「何度夢を見てもそこまでです。おいらは五歳だったんじゃないかと思うんです」

「五歳……お前は三歳で寺の前に捨てられていたと聞いていたが」

「五歳だったんです、きっと……おいら、どこかの神社に五歳のお参りに行って、その帰りにおっかさんとはぐれたのだと思い出したんです」

「すると今は十四歳か……」

そう思って見れば見えなくもない。

いや、それよりも、今まで思い出せなかったことが、突然夢となって現れるものだろうかと平七郎は考える。

「その橋だが、梅の木の他に、何か思い出せないか」

平七郎の問いに、珍念は力なく頷いた。

「そうか……」

雲をつかむような話ではあるなと、おこうと顔を見合わせた時、

「平さん……」

ようやく平さんを見つけましたと、辰吉《たつきち》が息をきらせて店に入って来た。辰吉はおこうの片腕だが捕物好きで、近ごろでは平七郎の手下になったようにはりきって動いている。

「何かあったのか」

興奮した辰吉の目を見て言った。

「へい、両国橋《りょうごく》の橋桁《げた》に男の子が流れ着きやして……」

辰吉は平七郎の耳もとに告げた。

「何……」

「ちょうど秀太の旦那が芝居を見に来ておりやして、まだ微《かす》かに脈があったものですからね、すぐに米沢町《よねざわ》の先生のところに担《かつ》ぎ込みやしたが、平さんを呼んできて欲しいって言うものですから」

辰吉が言う米沢町の先生とは、海辺大工町《うみべだいく》の医師道哲《どうてつ》の知り合いで、薬研堀《やげんぼり》に開業する桂蘭《けいらん》という、京のやんごとなき家の出身だと自称する女医者だ。

とうの昔に六十を過ぎた婆さん医者だという人もいるが、歳は不明で酒が好きなのは道哲と同じらしいが、こちらはびっくりする程の礼金を取るというもっぱらの噂である。

つまり貧乏人は相手にしないということらしく、平七郎などはお役目以外では覗いたこともないが、何年か前に死人を生き返らせたという評判もある。

よりにもよってそんなところに運びこむとは秀太らしい。なにしろ秀太は、深川《ふかがわ》の裕福な材木商相模屋《さがみや》の三男坊、親に株を買ってもらって憧れの同心になった男で、金のことなど頓着《とんちやく》ないから、評判を頼りに桂蘭の診療所に運んだようだ。

果たして、平七郎が辰吉とおこうと三人で駆けつけると、

「お静かに……」

子供の脈を診ていた桂蘭が重々しい口調で言った。壁を塗りこめたような白い顔だった。

三人は叱《しか》られた子供のように、眠っている男児のまわりに座した。

「平さん、命は取り留めましたよ。奇跡だと言っています」

平塚秀太が、小さな声で言った。

「………」

見たところ、珍念と同じかあるいは一つ二つ年下の男児に見える。髪はぼうぼうで顔からつま先まで垢《あか》でまっ黒だ。

栗頭のように頭でっかちで、眉は濃い。目はつむったままだが、固くへの字に結んだ唇がなかなかのやんちゃを思わせる。

「身元はわかったのか」

平七郎も小さな声で聞く。

いいえと秀太は首を振った後、ちらと桂蘭を窺《うかが》ってから、

「孤児ではないかと……身につけているものがよれよれでした。それに平さん、先生に言われて気がついたんですが、この子は誰かに殺されかけたんじゃないかと……」

「何……」

「ここに、絞められたあとがあるんですよ」

秀太は自身の首を指した。

と、ぴしりと桂蘭が鞭《むち》のような物で秀太の膝を打った。

「痛！」

「静かに！」

桂蘭が平七郎と秀太を睨んだ。

平七郎は、改めて桂蘭の顔を見てびっくりした。

白塗りはわかっていたが、その壁には無数のひび割れがある。紅《べに》も濃く若作りなの

だが、その形相《ぎょうそう》たるや暗闇で出会えば胆《きも》を潰《つぶ》すのではないかと思われる。

その真っ赤な唇が開いて言った。

「そちらは……」

視線は平七郎に向けられている。

「立花平七郎だ」

「こちらの旦那と同じ橋廻りのお役人でございますか」

「そうだ」

「ふん」

桂蘭は笑って、

「定町廻りの旦那なら、こんなみなしご同然の子供が一人や二人殺されたって気にもとめないのに、大金を払ってでもわたくしに治療してくれとは見上げた心がけです」

にこっと笑った。

「すると何か、以前にもこんな事があったのか」

「五日前にも一人、ここに町の衆の手で運ばれて来た子がおりますが、まもなく亡くなりました。その子は体に無数の打撲のあとがありましたが、定町廻りの旦那がね、回向院《えこういん》にでも葬ってやれっておっしゃって、それで終わりでございましたよ」

「平さん、工藤《くどう》さんと亀井《かめい》さんじゃないですか。きっとそうですよ」

秀太が忌々《いまいま》しそうな声を上げた。

工藤豊次郎《とよじろう》と亀井市之進《いちのしん》は、平七郎が定町廻りだった頃からの同僚である。

平七郎の方は不運にも、三年前に当番与力だった一色弥一郎《いっしきやいちろう》が判断を誤っておこうの父総兵衛を死なせ、その責《せめ》を平七郎が背負わされて橋廻りにされている。父が大鷹なら子の平七郎は黒鷹と呼ばれた定町廻りだったのだが、一色の不手際の責を一人でかぶったことになる。一方の豊次郎と市之進はかわらず定町廻りを続けている。

共に縁戚《えんせき》に与力がいて、その能力に疑問があっても、いつまでも定町廻りに止《とど》まっていられるのは、その縁戚の威光のお陰だなどという噂もある。

全く手柄がないかといわれればそうでもないが、なにしろ、事件を選《え》り好みする悪い癖が昔からあって、平七郎などとはとても相容《あいい》れないところのある者たちだ。

秀太も極端に嫌っているから、何かと目くじらを立てるのであった。

平七郎は、秀太を制して、

「先生、その亡くなった子とこの子と、何か通じるものがあるのですか」

「そうですね、同じような年頃、それにどう見ても身寄りもなさそうなことでしょうか。そうそう」

桂蘭は近くにある紙包みを引き寄せると、

「何か手がかりになるんじゃございませんか」

紙包みを開いて平七郎の前に置いた。

傷んだ薄っぺらい布が見えたが、紙包みの中から桂蘭がひょいと取って見せてくれたのは、大人の掌《てのひら》より少し大きな木綿《もめん》の袋だった。

袋の布はどこにでもある物なのだが、その口を美しい真田紐《さなだひも》で締めるようになっている。濡れていたが可愛い袋だった。

「平七郎様、これは……」

驚いて手にとったのはおこうである。

「これは、おふくさんとこのお店に出ている……」

「うむ……」

平七郎にも見覚えがあった。

おふくというのは永代橋《えいたい》の袂で茶屋をやっている女将《おかみ》だが、女将の名が店の名になっていて、平七郎とは古いつきあいである。

永代橋に何かあったら橋廻りに知らせてくれる管理の役目も担《にな》ってくれている気の置けない店なのだが、おふくの妹が組紐を作っていて、近頃ではその紐を使って小袋を作り、おふくの店にも出している。

茶屋は女子供の好きな甘い物も出すし、酒肴《しゅこう》も出すといった万人向けの店だが、場所が場所だけに人通りも多く、若い娘たちは立ち寄れば小袋を買っていくのだとおふくが言っていた。

「あら、何かと思ったら、お豆がこんなに……」

膨れていた袋に手をつっこんでおこうがつかみだしたのは、煎《い》り大豆だった。

「辰吉、おふくを呼んで来てくれないか」

平七郎は言った。

二

永代橋のおふくの店に走った辰吉が、おふくと一緒に引き返して来るのにさほどの時間もかからなかった。

おふくは前垂れをしたまま診察室に飛びこんで来ると、

「寅吉《とらきち》ちゃん……」

眠っている子供の枕元に座し呼びかけた。子供はおふくの見知った者だったのだ。

おこうが豆の入った小袋をおふくに見せると、

「私が持たせたものです」

おふくはじっと小袋を見詰めながら、中に入っていた豆は腹が空《す》いた時に食べるようにとあげたものだと言い、

「でもいったいどういうことなんでしょう。この子が殺されかけたなんて」

眠っている子がまだ目も開けられぬと知ると、眉をひそめた。

「それを知りたくて来て貰《もら》ったのだが、おふく、寅吉というのか、この子は」

「ええ、でももう一人、佐太郎《さたろう》って子が一緒だったんですよ」

「何、橋の下に流れついたのは、この子一人だ」

秀太が言った。

「いったいぜんたい、おふく、どういう縁でこの寅吉を知ったのだ?」

「五日ほど前のことです。永代橋の袂でこの子と、もう一人の男の子がお腹を空かして座り込んでいたんですよ……」

おふくは眠っている寅吉にちらと視線を走らせて言った。

店にやってきた客の一人が知らせてくれて、おふくが外に出てみると橋の袂で寄り添うように蹲《うずくま》っている二人が見えた。

近づくと、二人はとろんとした生気のない目でおふくを見上げた。

二人は薄汚れた着物を着て、顔は垢で真っ黒だった。いやそればかりか、草鞋は履いてはいるがすり切れていて、むろん足袋《たび》も履かずに二本の脚はむき出しだった。

孤児かと思ったが、放って置く事も出来かねた。

「お腹が空いているんだね」

おふくは二人を店に入れた。

しかし店の中では客が迷惑する、おふくは調理場の裏の源治《げんじ》の部屋で、二人に白いご飯と鯖《さば》の味噌煮を出してやった。

「さあ、お食べ。遠慮しなくていいんだよ」

二人は生唾《なまつば》を呑み込むと、金はないが食べてもいいのかと遠慮がちに聞いてきた。

おふくが頷くと二人は目を輝かせ、次の瞬間ものすごい勢いで食べ始めた。

おかわりをして茶を飲んで、顔に生気が戻ったところで、おふくは名前とどこから来たのか聞いてみた。

「おいら寅吉、こっちは佐太郎ってんだ。二人とも十二歳だ」

元気な声をまず出したのは、今目の前で眠っている寅吉だったと言う。

二人は水戸《みと》からお伊勢《いせ》参りに行くために親にも黙って出てきたと言った。いわゆる抜け参りであった。

――こんな子供が……。お伊勢参りとは、あまりにも無謀すぎる。

「水戸にはおっかさんやおとっつあんがいるんでしょう」

「…………」

二人は口を固く閉じて答えなかった。答えれば連れ戻されると思っているのかも知れない。

「言いたくなければ言わなくてもいいけど。でもね、あんたたちを育ててくれた人はいる筈なんだから、そうでしょ。みんな心配してるよ。どこに行ったのかなって」

「…………」

ちらと不安そうな色が顔を過《よぎ》る。

まだ年端もいかぬ男の子である。伊勢まで行くには遠すぎる。

おふくは、家族の心配や道中での危険をこんこんと言い聞かせ、家に帰るように諭《さと》したのである。

二人はしぶしぶ頷いた。

そこでおふくは、百文ずつ二人に渡し、二日分ほどのおにぎりと炒り豆を持たせ、店から送り出したのだった。

「まさかまだこの江戸にいたなんて……」

　大きなため息をつく。

「誰かに拐《かどわ》かされたとは考えにくいんじゃないですか、この有様ですからね。拐かしたってお金にはなりっこない。すると、おふくさんに恵んで貰ったのを幸いにほっつき歩いていて、誰かに殺されそうになったんですかね」

「秀太さん、でもどうして、殺されそうになるんです?」

　訳知り顔で速断した秀太に異を唱えたのはおこうだった。

「そ、それは……例えば盗みをしたとか」

「いえ、この子に限って盗みはしないと思います」

　おふくが否定した。二人はあれほど腹を空かしていても、他人の物には手を出さなかったとおふくに自慢そうに話していたのだ。

　幼いなりに感心なことだとおふくが褒《ほ》めると、寅吉も佐太郎も、

「お伊勢参りに行くのに悪いことはできねえ」

　そう言ったのである。

「ふむ……とにかく目が覚めてからこの子に聞くしかあるまい。先生、この子が目を覚ますまで頼む」

「承知しました。今夜には目も覚めましょう。その前に……」

桂蘭はしれっとした顔で銭盆をすっと滑らせて来た。

「一両です」

「何、薬礼が一両……」

びっくりして桂蘭を見返すと、

「お役人様ですので、通常の半額です」

「しかし、ちと高いのではないか」

財布を逆さにしてみるが、到底足りない。すると、すっと秀太が一両を寄越して来た。

「いいのか」

小さな声で聞く。奉行所の勘定方に申し入れても、役務の費用として戻って来るのは一分止まりで、あとは個人負担を強《し》いられるに決まっている。

「どうぞ、先日実家で貰った小遣いです……どうせ、平さんと一杯飲もうと思っていたお金ですから」

秀太は平七郎の耳元に囁《ささや》いた。子供の頃から金に苦労のない秀太は、さほどの痛《つう》痒《よう》もなさそうである。

「ほんとにいいんだな」

「ここに運んで来たのは私ですから」

「うむ」

平七郎は一両を受け取って桂蘭に渡した。

桂蘭は赤い口でにんまりと微笑《ほほえ》むと、小判に息をふうっと吹きかけ、懐から柔らかい布をするりと取り出し、するするするっと磨きあげ、帯の間にすいっと挟むと、

「目が覚めましたらお知らせします」

神妙な顔つきをして頷いた。

平七郎はおこうとおふくを残して、秀太と辰吉と三人で桂蘭の診療所を後にした。

――それにしても、どういうわけで寒い川に首を絞められて放り込まれることになったのか……。

――孤児で宿無しだとみくびられて面白半分に危害を加えられたということも考えられる。

ふと、昏睡《こんすい》に陥っている寅吉の姿と珍念の姿が重なった。

珍念は今頃になって母と別れた場所が夢の中で見えたなどと言っているが、俄《にわか》には信じがたい話である。

のだ。

——母に会いたいという願望がそうさせたものなのか……。

夢に縋《すが》ろうとして、珍念は今も梅の香が匂うまぼろしの橋を探しているに違いない

その珍念は昌平橋《しょうへい》の上にいた。

——やはりここが夢の中で母と別れた橋ではないか……。

橋の上は神田明神《かんだみょうじん》の祭礼のひとつ、鷽《うそ》替え神事で行き来する人が多く、珍念が夢の中で母に手を引かれて渡って行く光景とそっくりだと思った。

ただ、夢と違うのは、この橋の上には梅の香りは漂ってはきていない。

見渡してみても橋の両袂に梅の木はなかった。夢の中の橋の袂には梅の木があったような感じがする。

それにもう夕暮れが近い。日差しはあっという間に弱くなっていた。橋の上には人の影が長く伸びて、夜の気配がすぐそこに迫っていた。

珍念は急に疲れを感じた。腹も空いていることに気づく。

行き交う親子連れにかつての自分の姿を重ねながら、やはりもう母とは会えないのだという諦《あきら》めが珍念の心を支配し始めていた。

なにしろ珍念があちらこちらの橋を探し始めてもうひと月近くになる。

――やっぱり夢なんだ……。

そう思うと急に力が抜けてきて、珍念は橋の上に座って膝を抱えた。

つくねんとして行き交う人の足下を見詰めていると、誰かが何かを投げて寄越した。

食べかけの餅菓子《もち》だった。

思わず手が伸びてつまみ上げるが、同時にくすくすと嘲笑《ちょうしょう》する子供の声が聞こえた。

珍念と同じような年頃の、裕福な家の子らしい形《なり》をした男児三人が、にやにやと珍念を見下ろしている。

「食え、食ってみろ」

三人の一人が言った。

珍念は、はっとして餅菓子を手放した。食いたいのは山々だが、乞食のように蔑《さげす》まれるのは我慢がならなかった。珍念の心のどこかに、そんな自分を許さない自負がむらむらと膨らんでいた。

「乞食坊主が……」

もう一人の男児が侮蔑《ぶべつ》の声音で言い、食べかけの餅団子をわざわざ草履で踏んづけてから拾い上げ、

「恵んでやろうと言ってるんだぜ」

珍念の鼻先に突きつけた。その時である。

「よしな、なんて悪い子なんだろうね」

女の声がして近づいて来た。

「どこの子だい、あんたたちのおとっつあんの名を教えてもらおうか。この小僧さんは、犬や猫じゃないんだよ！」

女が険《けわ》しい顔で男児三人を叱りつけた。

「ちっ……」

三人はいっぱしの大人が舌打ちするような声を出して、あっというまに逃げて行った。

「ありがとうございます」

珍念は立ち上がって女に手を合わせた。顔を上げると女の優しそうな目が珍念を見詰めていた。

珍念は女が中年で、どこかの女将さんだと咄嗟《とっさ》に見てとった。目鼻の整った色白の

人だった。心がずきんとした。女将さんの手に梅の枝が握られていたからである。

——もしや……。

夢の中に出てきた母に似ていると気づいたその時、女が腰を少し折るようにして珍念に囁いた。

「お腹が空いているんでしょ。ついてきなさい」

「あの……」

もしやと聞きたいがその先の言葉が出ない。すると、

「何しているの、早くいらっしゃい。小僧さんが他人のような気がしないのさ」

女は振り返って言った。

「は、はい」

珍念は慌てて女将さんの後を追った。

女将が連れて行ったのは、小舟《こぶな》町の間口が二間（約三・六メートル）ばかりの『即席料理』と暖簾《のれん》のかかった店だった。

店は上げ床になっていて屏風《びょうぶ》で仕切って客の座をつくるようになっていた。奥の方の屏風の向こうから男たちの笑い声が聞こえていたが、客はそれだけのようだった。

「松《まつ》さん、この小僧さんに何か見繕《みつくろ》っておくれでないかい」

女将は珍念を帳場の裏の部屋に入れた。

「いまおいしい物を持って来てあげるから」

そう言って部屋を出て行ったが、

「その子はあたしの客なんだからね。あんたに指一本触れさせないよ」

険しい声が聞こえた。

同時に障子が開いて、見知らぬ男が覗いた。人相の良くない男だった。眉半分が切れたように見える男だった。

品定めをするようにじいっと珍念を見て、

「ふっ」

男は冷たい笑みを作ると、ぱちんと戸を閉めた。

珍念は震え上がった。

来てはいけないところに来たのじゃないか、そう思った。

三

「旦那、ちょいと来ていただけやせんでしょうか」

平七郎は秀太と役宅を出たところで、声をかけられた。

「彌次郎《やじろう》ではないか」

「へい、お久しぶりでございやす」

彌次郎は懐かしそうに腰を折った。

彌次郎は本八丁堀《ほんはっちょうぼり》二丁目の木戸番である。歳は三十半ばだが機転が利く。それで平七郎が定町廻りをしていた頃から、向かいにある自身番の手助けをしていた。使い走りもするし、時には岡っ引きさながら楠《くすのき》流十手《じって》を持って捕り物にも狩り出されていた男である。

平七郎が橋廻りになってからは会った事がなかったから、三年ぶりだった。

だが、彌次郎がただ懐かしがって会いに来たのではない事は、そのただならぬ顔を見てわかった。

「何があった……」

「殺しですよ旦那」

「何」

「場所は八丁堀河岸です。番屋の者が見張っておりやす」

「定町廻りに届けたか」

「いえ、あっしは旦那しか頭に浮かびやせんでした。旦那なら安心です。お願いします」

どうしても来てくれという事らしい。

「平さん……」

秀太も促《うなが》す。

「うむ」

平七郎と秀太は、彌次郎と一緒に本八丁堀の河岸に走った。

筵《むしろ》をかけられた遺体が番屋の人間によって見張られていたのは、本八丁堀三丁目の河岸だった。

三丁目はその昔、かの有名な紀文こと紀伊国屋文左衛門《きのくにやぶんざえもん》の住まいがあった所である。三丁目全てが紀文の住まいで、客間の畳を毎日替えたといわれているほど殷賑《いんしん》を極めたらしいが、今はその面影はない。

ただ彌次郎の一家は、何代か前の先祖が紀文の屋敷で働いていたらしく、紀文が土地屋敷を売り払い、隠居して深川に移ってからも、代々、この土地で細々と暮らしてきたらしい。

その彌次郎がどこでどうして木戸番になったのかは平七郎は知らないが、木戸番にしておくのは勿体《もったい》ないほどの才覚がある。

「ご覧になって下さいまし」

彌次郎は筵を捲《まく》り上げた。

死体は、二十代半《なか》ばかと思える町人の男だった。めくら縞《じま》の着物に博多《はかた》の帯をつけている。遊び人にも見えなくもないが、色の白い丸顔が、どことなく育ちの良さを現していた。

「ふむ……」

遺体の側にしゃがみこんで、ざっと見渡した。

胸に血の塊《かたまり》が見える。着物をはだけると、ざっくりと胸が刺されているのが目に入った。

「匕首《あいくち》ですかね、平さん」

秀太が難しい顔をして言った。一年半、平七郎と事件の解決に携《たずさ》わってきた秀太も、もういっぱしの同心顔である。

ただ秀太は、ことさらに同心ぶった顔をするのが玉に瑕《きず》だが、あこがれの同心に株を買ってなった程の者だからしようがない。

「手慣れた者の仕業だな」

平七郎の顔が強ばった。

刃は一分の狂いもなく男の胸を刺し貫いている。殺《や》ったのは相当修羅場を踏んでいる者と思われた。

——おや……。

平七郎は男の襟《えり》が膨らんでいるのが目にとまった。

秀太が急いで襟の縫い目をほどくと、大人の親指ほどの黒い木片が出てきた。

秀太が鼻先に持っていってくんくんとするが、匂いはないらしく、

「なんでしょうかこれ……」

平七郎に渡した。

「ふむ……」

平七郎は木片を手巾に包んで懐におさめると、

「彌次郎、身元はわからんのか」

遺体に筵をかけて立ち上がった。するとそこに、

「あの、お役人様、そのお人は、北紺屋《こんや》町で綿屋《わたや》をなさっておられました丸美屋《まるみや》さんの総領息子菊太郎《きくたろう》さんでございやすよ」

町役人の後ろから、初老の男が割って入って来た。股引《ももひき》に短めの着物を着て綿入れの袢纏《はんてん》を引っかけている。

「あっしは竹蔵《たけぞう》という甘酒屋でございますが……」

男は振り返って土手の上に置いてきた甘酒屋の屋台をちらと顎で示し、

「亡くなられた先代の丸美屋の旦那に良くしていただいた者でございやして。菊太郎さんは、こんな時から見てきておりやす」

男は腰の辺りで掌を下向けて言った。

「うむ。すると竹蔵、その丸美屋というのは、今はなくなって店はもうやってはいないのだな」

「へい、二年ほど前に潰《つぶ》れました。それで菊太郎さんは悪所に通うようになったようですが、ゆんべもその仲間と思われる恐ろしい顔をした男と一緒に歩いているのを、あっしは見ていたんでございやすよ」

「何……どこで？」

「へい、五丁目辺りでございやした。あっしは稲荷《いなり》橋の袂で商いしていたんですがね、その人相の悪い男にこづかれるようにして歩いておりやした。菊太郎さんのあまりの変わりように、あっしは声をかけることも出来ずに見送ったんでございやす」

「一緒に歩いていた男の人相を覚えているか」

「一度見たら忘れられねえ、そんな顔です。眉が半分ぷっつんと切れたような男でして」

「眉が切れた男……」

「へい」

竹蔵は怯《おび》えた顔で平七郎を見上げた。そして身震いすると、ひょっとしてあの男が下手人なら、二人を見ていた自分も狙《ねら》われるんじゃないかと不安な表情を見せた。


「珍しいじゃないか、立花……」

平七郎が北町奉行所の与力一色弥一郎の部屋を訪ねたのは、秀太に彌次郎を手伝わせて賭場を当たるよう差配してからのこと、八つ（午後二時）は過ぎていた。

案の定、一色は火鉢に焙烙《ほうろく》をかけ、香ばしい匂いをさせていた。

「少しよろしいですか」

平七郎が敷居際で尋ねると、

「美味《うま》いぞ」

ひらひらと手招きして焙烙の中をちらと見た。

平七郎が部屋の中に膝を進めると、

「唐豆《とうまめ》だ。落花生ともいうらしいな。あちち」

うっかり中指の背が、熱くなった焙烙縁に触ったらしく、金箸を放り出して指を吸った。

「一色様」

「おい、まず食せ、話はそれからだ」

焙烙の唐豆を用意しておいた皿の上に移すと、焦《こ》げ色がついた殻《から》をむき口に放り込んだ。

「美味いな、唐豆は脾臓《ひぞう》、胃にいいらしいぞ」

苦笑している平七郎に、自ら豆をとって渡した。一色は火鉢が入ると何か煎《い》って食する癖がある。

仕方なく爪を立ててむこうとしたが、煎り方が中途半端だったらしく上手くむけない。

「ったく、こうしてみろ」

一色は平七郎の豆を取り上げると、歯をむき出してがちっと割った。にっと笑って、唾のついた豆を平七郎の掌に載せる。

──汚いな……。

と思ったが、毒よりましだと口に入れた。

「美味かろう、頂き物だ」

嬉しそうな顔をして一色は言った。

「はあ」

「そろそろな、定町廻りに戻るように言ってやろうかと考えているのだ。お前も知っている通り、亀井などを定町廻りに置いとくなぞけしからんよ」

「…………」

何を調子のいいことを言っているのだ。そもそも平七郎が橋廻りに回されたのは一色のせいではないか。

皮肉をこめてきっと睨むと、一色はわざとらしく咳《せき》払いして、

「ところでなんだ……何か用があったんじゃないか」

ようやく気がついたように言った。

「覚えていませんか、私が橋廻りに異動する少し前に、長崎から手配書が送られてきましたが、その中の一人に助五郎《すけごろう》という抜け荷を差配していた男がいたのを……」

平七郎は一色の顔をじっと見た。

助五郎という男は、長崎の沖合で抜け荷を行い、その品をさも正規の輸入品のごとく名だたる店に卸していた男である。

関係していたさる異国の商船が、沖合で火事を起こしたことから事が発覚し、商船は追い返され、助五郎から品物を買い取っていた店は罰せられたが、ただ一人助五郎だけは行方をくらまし、長崎奉行の名において全国に手配書が配られていた男であった。

平七郎でさえすっかりその存在を忘れていた男だったが、甘酒売りの竹蔵という初老の男から、菊太郎と連れ立って歩いていた男が、眉が半分ぶち切れたような人相だったと聞き、助五郎の事が頭に浮かんだのだった。

助五郎のような眉の持ち主は、この世にそういるものではない。

捕まっていなければ、この江戸で暮らしていても不思議はないのだ。

「助五郎……助五郎……さて」

一色は豆をぽりぽりやりながら天井を仰ぐ。

「奴の眉はまるでつちのこのようだと言っていたではありませんか」

「ああ」

一色は膝を打って、

「そういえばいたな、いたいた」

なんとも心許ない返事である。

「あの手配書を私に貸してくれませんか」

「何、すると何か、奴がこの江戸に現れたのか？」

「八丁堀で殺しがありましたが、どうやらその下手人が眉の切れた男だという証言をする者がおりまして」

「ちょっと待て、定町廻りはどうしたのだ……知らぬのか……立花が知っているのに……まったく怠慢もいいとこだ」

一色は怒ってみせたが、

「すると立花、その手配書を俺が持ち出したことにしてお前に渡せと、そういう事か……」

「はい。私は橋廻りですから。一色様ならばたやすい事ではありませんか」

「俺が捜して来るのか」

「はい」

きっと見た。

「脅しか、その目は……」

「はい。しかし、もしも助五郎なら一色様にとっても悪い話ではないと……」

「わかったわかった。一両日中にお前に渡す、それでいいな」

一色は言った。

部屋を下がり表に出ると、辰吉が待っていた。

「平さん、気がつきましたよ、寅吉は……」

「何、それは良かった」

平七郎はまずはほっとした。なにしろ寅吉は三日も眠り続けていた。

桂蘭の最初の話では、すぐにでも目覚めるような口ぶりだったが、そうはいかなかった。昏々《こんこん》と眠り続けて代わる代わる看病に通っていたおふくやおこうを心配させていたのである。

桂蘭は目覚めが遅いのは寅吉の体がことのほか衰弱していたからだと説明したらしいが、平七郎は桂蘭が薬の調合を誤ったのではないかと案じていた。

平七郎は奉行所を出ると、まっすぐ桂蘭の診療所に向かった。

「もう安心です。追加の治療代は、まもなく弟子のおみつが帰ってまいりますから、おみつにお渡し下さい。わたくしはこれから往診に参ります。では……」

四

平七郎が桂蘭の診療所に到着するや、桂蘭はすぐに出て行った。

寅吉はおふくが作った粥《かゆ》を食べていたが、平七郎を見てその手を止めた。頬に血の気が戻っている。なかなかやんちゃそうに見えた。

「お役人さんかい?」

寅吉はくるりとした目を向けて言った。どうやらここに担ぎこまれたいきさつは聞かされたものらしい。

「そうですよ、寅吉ちゃん。あんたが酷《ひど》い目にあったらしいからって来て下さったんですよ。ここで手当が受けられるようにして下さったのもこの平七郎様ですよ。寅吉ちゃん、どうして殺されそうになったのかこの方にお話ししなさい。きっと助けて下さいますからね」

寅吉は怯えた顔になって平七郎を見た。恐怖がよみがえってきたらしい。

平七郎は努めて穏やかな表情をつくって寅吉の前に座った。

そして顔を覗くようにして訊いた。

「水戸から来た寅吉というらしいな。おふくがお前に飯を食わせ、金まで持たせて送り出したのに、お前は約束を破ってこの江戸にまだいたのか、それとも、性懲《しょうこ》りもなくお伊勢参りを続けるつもりだったのか」

「おいら、おいら、おふくおばさんとの約束守ろうと思ったんだ。思ったんだけど……」

寅吉は悔しそうに俯いた。

「だったらなんだ、なぜまだ江戸にいたんだ」

「思ったんだけど、お伊勢参りに連れて行ってあげるって言われて……」

小さい声で言い、首を亀のように引っ込める。

「誰に？」

「知らないおじさんだよ」

「どこで声をかけられたんだ……」

「両国の芝居小屋の前さ」

「そんなところで、うろうろしているからだ」

平七郎は叱った。

寅吉はしゅんとなったが、

「でもおいらも佐太郎も騙《だま》されたんだ」

唇を噛んだ。

「その男について行ったんだな」

「うん……そしたら蔵の中に押し込められて、おいらたちだけじゃない、何人もいたんだ」

「何……」

「みんなおいらたちみたいな家出人か宿なしとか迷子とか……」

寅吉はその子供たちから、自分たちはこれからそれぞれ奉公先に連れていかれて、腹一杯食える身分になれるのだと聞いた。

だが、寅吉の見るところ様子がおかしい。確かに食事は十分だし菓子も出るが、蔵の前には見張りがいて外には出られない。

とにかくお伊勢に行けないことだけは確かだと思った。

佐太郎も同じ考えだった。

騙されたと悟った寅吉は、佐太郎と相談して一緒にここを出ないかとみんなを誘ったが、身寄りのないみんなは、ここにいれば食うことだけは出来ると逃げる気持ちがない。

そこで寅吉と佐太郎は、見張りの目を盗んで二人で小窓から外に出た。

その時見張りの一人に見つかった。だがその男は逃げろと言ってくれたのである。

二人は夜の町を走った。だがすぐに追っ手が後ろに迫り、川岸で二人は捕まった。

寅吉は自分の襟首をつかんだ男の手首を噛んだ。それで男が怒って寅吉の首を絞めたのだ。

「おいら、それで気が遠くなったんだ。その後のことは覚えてねえ」

自分の身ですらそうなのだから佐太郎がその後どうなったのかわからないのだと言い、声を出して泣いた。

話しているうちにいっそう恐怖が押し寄せて来たらしく、それに佐太郎の身も案じられてか、やんちゃな年頃とはいえ寅吉は身を屈めて泣き続けた。

「妙な話ですね、平さん……」

辰吉が首を傾げる。

「うむ、奉公する子を上方《かみがた》から連れてくるという話は聞くが、この江戸で集めて送り出す話など聞いたことがないな」

「しかも身寄りのない者や家出人ばかり。いなくなったからといって誰も捜してくれない連中ばかりですよ」

「寅吉」

平七郎は、しゃくりあげている寅吉の顔を覗いた。

「場所を聞いても無理だろうな、そうだ、誰かの名前を覚えていないか……お前たちを閉じこめていた人の名だ」

「…………」

寅吉は少し考えているふうだったが、

「ううん……」

寅吉は首を横に振った。

その時である。

「平さん、ちょっと」

玄関口で秀太の声がした。

出て行くと、秀太が町人の男を連れて立っていた。

「八丁堀で死体であがったあの菊太郎とは賭場仲間で、竹五郎《たけごろう》という男です」

秀太はそう言うと、おい、話せと、男に険しい視線を投げた。

「へい、あっしが知ってるのは、菊太郎が諸色問屋因幡屋《いなばや》に出入りをしていたということだけです」

「因幡屋……伊勢町《いせちょう》堀にある、あの因幡屋か」

「そうです。なんでも、菊太郎の奴は親の敵《かたき》を討つためだと、これは菊太郎から直《じか》に聞きやした」

平七郎の顔を窺《うかが》うように見て言った。秀太に、知っている事を洗いざらい話さないと容赦はしないぞ、などと脅されて来たに違いない。

「親の敵……因幡屋が敵だというのか」

「丸美屋を乗っ取ったのは、因幡屋だと言っておりやしたから」

「…………」

「詳しい事情は知りやせん、あっしが聞いたのはそれだけです。もっとも、殺されちまっては敵のとりようもないでしょうが……」

「竹五郎の話に嘘はないとして、平さん、菊太郎が因幡屋に出入りしていたのは、襟に縫いつけてあった、あの木片のためだった……そういう事でしょうか」

「うむ……」

返事をしながら平七郎も、殺された菊太郎が持っていた朽《く》ちた木《こ》っ端《ぱ》が、何かその秘密を解く鍵になるような気がしていた。


「ただいま帰りました」

秀太を連れて玄関に立つと、すぐに又平《またへい》が出てきて、

「奥様、お帰りでございます」

奥に向かって叫び、すぐに温かいものでも用意いたしますと台所に走った。

「おやまあ、非番でございますのに、お二人とも熱心なことでございますこと……」

母の里絵がしずしずと出てきて二人を迎えた。

「お母上殿、おじゃまします。実は正月明けに実家の母からお母上殿にお渡ししてほしいと、預かっている物がございまして」

秀太は懐から小さな紙袋を出し、その紙袋からはまぐりの貝をとり出して、袋の上に載せて里絵に手渡した。

「これは？」

「なんでも鶯《うぐいす》の糞から出来た練り状の化粧品とか言っておりましたが」

「まあ、鶯の……」

里絵の顔がほころぶ。

「一度試したいと思っておりましたのよ。もう歳でございましょ。平七郎殿もいつまでたってもお嫁さんを貰ってくれない、だからもう心配で心配で。増えていくのは皺《しわ》ばっかり」

「母上」

平七郎はあきれ顔で母を制した。調子にのると、いつまでも玄関先で秀太と嫁とり話が続きそうだ。

「はいはい、わかっていればそれでよろしいのですよ。秀太さん、どうぞお上がり下さい」

里絵は立ち上がった。

「母上、この匂い……なんですか」

母が玄関に現れた時から気になっていたのだが、微かに奥から芳《かぐわ》しい香りが漂ってくる。

「伽羅《きゃら》ですよ」

「伽羅……」

「ええ、ほら、あなたがどこからか持って帰って来た木片があったでしょ」

「えっ、文箱の上に置いてあった……」

「そう、まさかとは思ったのですが、焚《た》いてみてびっくり……」

平七郎は秀太と顔を見合わせて奥に走った。

里絵が言った木片とは、菊太郎が身につけていた木っ端のことである。近いうちにしかるべき人に調べてもらおうと、文箱の上に置いていた物だ。

大慌てで客間に入ると、床の間に置かれた亀の香炉から静かに立ち上っているのが、その木片らしかった。

――もしや全部焚いてしまったのでは……。

青くなって振り返ると、

「ほんの少し頂いただけですよ」

里絵はそこに静かに座ると、二人にお座りなさいと言い、持ってきた袱紗《ふくさ》を平七郎の前に置いた。袱紗の上には、あの木片が載っていた。

「あなたのお役に立てるかもしれないと思いましてね」

にっこりと里絵は笑う。

「母上……」

「平七郎殿、これほどの物は万寿堂《まんじゆどう》さんでも手に入りませんよ」

今度は真顔で言った。

「どういうことですか」

秀太がせっつくようにして訊いた。

「それほど高価な物だという事です。これ一つで何十両、いえ、小売りにすれば百両以上の値がつくものと思われます」

「………」

「それに、ご存知かと思いますが、香木は、遠い南の異国で採れる物、やすやすと手に入るものではございません」

険しい顔で平七郎と秀太を見た。

「抜け荷……平さん、抜け荷ですよ」

思わず秀太の口をついて、抜け荷という言葉が出た。

平七郎の胸にも同じ思いがあった。まだ確かめてはいないが、長崎で抜け荷をやっていた助五郎の姿が浮かんでくる。

「秀太、彌次郎と辰吉の手を借りたい。俺は一足先に因幡屋に行く。頼むぞ」

平七郎は立ち上がった。

「何もそこまで……せめて夕食でも召し上がってお出かけなさい」

里絵の引き留める声を背に、平七郎はそそくさと家を出た。

因幡屋は伊勢町堀に架かる道浄橋《どうじょうばし》北詰めにある諸色問屋である。堀側に蔵があり、店は蔵の差し向かいに大路を挟んで紺地の大きな暖簾《のれん》を張っている。

ただ、昨年の春に諸国から仕入れた品物を運んでいた千石船《せんごくぶね》が遭難して多大な損害を被《こうむ》り、店の存続が危ぶまれていた問屋であった。

主は病に倒れ、その跡を妾《めかけ》の息子が継いだと聞いているが、平七郎たちが橋を見回るときに見た限りでは、以前ほどの精彩はないにしても、なんとか店は存続しているように見受けられた。

「ふむ……」

平七郎は暮れていく堀端に立ち、慌ただしく堀から荷を上げる人足たちを、用心深い目で見詰めた。

「平七郎様」

後ろで小さな声がした。おこうの声だった。

振り返ると、おこうが薄汚い風呂敷包みをぶら下げて近づいて来た。

「寅吉ちゃんは、佐太郎って子が見つかるまで、おふくさんが預かってくれる事になりました」

「その包みはなんだ、寅吉の物か……」

「いいえ、珍念の全財産」

「どういう事だ」

「気になってあのお寺に行ってみたんです。そしたら今日から取り壊しが始まっていたんですよ、跡は町屋になるんですって」

「何、取り壊しだと……じゃあ珍念が困るだろう」

「珍念はそのこと知らないのではないかしら。お寺に戻ってないようですから」

「そうか、それでその荷物を」

「ええ、破れたお鍋とお椀とお箸、捨ててもいいような物ですけど、なくなれば困るだろうと思いまして持って来たんです」

「どこに行ったのだ珍念は……まさか寅吉のように何者かに連れ去られたのではあるまいな」

「実は気になる話を聞きました。あの寺には観音様がまつられていたんですが、三日に上げずお参りしていたおばあさんがいるんです。おきねさんというんですが、そのおばあさんの話では、一昨日の夕方、珍念が昌平橋の上で女の人に声をかけられてついて行ったというんです」

「昌平橋……梅の香りとは無縁の橋だが、はて……」

平七郎は、珍念が梅の香りの届く橋を探しているのだと言った言葉を思い出していた。

「いいえ、平七郎様はご存知ないとは存じますが、あの橋の北袂の土手には梅の木があったのですよ」

「いつのことだ……」

「三年、いえもう少し前でしょうか、はっきり覚えていませんが、神田のお宮さんにお参りして父と帰って来たことがあったのですが、その時甘酸っぱい香りに気がついて……ああ、ここにも梅があったのだと……でもそのあと、火事で焼けてしまったんですよ」

「すると、珍念が夢の中で見たまぼろしの橋は昌平橋……」

きらりとおこうを見た。

「まさかとは思いますが、夢の中のおっかさんが現れて、珍念を連れて行ったのかもしれない、そうも考えたんですが、でもそれなら、私たちに知らせてくれる筈でしょう……」

おこうはいても立ってもいられない様子だった。

五

その頃、珍念は薄暗い蔵の中にいた。

仲間四人と、手桶の中に手をつっこんで握り飯を取り、むさぼり食っていた。

珍念はつい先ほど、助さんと呼ばれている恐ろしい顔つきをした男に、この蔵へ連れてこられたのだった。

そう……あの眉の切れた男は、女将さんから助さんと呼ばれていた。助さんは女将さんをお房《ふさ》と呼んでいた。

そのお房さんが買い物に出かける時に、

「あの子だけは、あんたの勝手にはさせないよ」

そう言っていたのを珍念は障子越しに聞いていたのに、女将さんが出かけると、助さんはすぐに珍念の側にやって来て、

「何も殺そうっていうんじゃねえんだ。それどころか、立派な家の子になるんだ。も

う腹を空かせることも、人から憐《あわれ》みを受けることもねえ。そう言ってるんだ。来な」

珍念は襟首をつかまえられて、ここに来た。

すぐにここに押し込められて、仲間が四人いることに気がついた。

握り飯は一人に二つ、梅干しが入っただけの握り飯だが、みんながつがつ食べている。

不安に押しつぶされそうになりながらも、珍念は女将さんは自分の別れた母親じゃないかと考えていた。

「おいら、おっかさんを捜してたんだ」

珍念が、幼い頃にどこかの橋の上で母親と別れ別れになったと告白した時、

「あの橋でかい……昌平橋の上でかい？」

女将さんのお房は驚いた顔をした。

「昌平橋の上かどうかはわからねえ。わからねえがお祭りの日で、梅の花が咲いていたんだ」

「…………」

お房はじいっと珍念を見た。その目に涙が光るのを珍念は見逃さなかった。

「女将さん、女将さんは何故《なぜ》おいらに声をかけてくれたんですか……」

もしや女将さんは、おいらのおっかさんじゃありませんかと喉元《のどもと》まで声が出そうになった時、

「おばさんもね、昔たった一人の倅《せがれ》と別れてこの江戸に出て来たのさ。だからあんたに声をかけた……まるであの時の倅を見たような、そんな気がして……」

お房は、珍念の次の言葉を遮《さえぎ》るように言ったのである。

珍念は落胆したが、今こうしてこんな薄暗いところに入れられてじっと考えてみると、やっぱり女将さんは母親のような気がしてならないのである。

そうでなかったら助さんに、

「あの子に指一本触れさせないよ。今度ばかりはあたしの言うことを聞いて貰いますからね。あんただって、あたしがいなけりゃこの江戸で暮らせなかった、違うかい」

体を張って助さんに言ってくれる筈がない。

――もう一度女将さんに会わなくては……会ってもう一度確かめなくては……。

珍念は薄闇を睨んだ。

「おい、おめえ、握り飯食べねえのか？」

真っ黒い顔をした男の子が近づいて来た。

「ああ、おいらは一つでいい。あげるよ」

珍念が握り飯を一つあげると、男の子はぺこりと頭を下げて、

「俺は佐太郎ってんだ」

名乗ったと思ったら、あっというまに平らげた。

「おいらたち、これからどうなるんだ、佐太郎といったな、何か知ってるかい」

珍念が聞くと、佐太郎が言った。

「人買い船に乗せられるんだ」

「人買い船……」

「そうだ、みんな異国に売られて行くんだ。だから俺はそれを知って仲間と逃げたんだが、また捕まったんだ」

「その仲間は、逃げたのか」

「こ、殺された……殺されて川に投げ込まれたんだ。ちくしょう」

佐太郎は泣いた。他の仲間も不安にたまりかねてしくしく泣き出した。

――ゆるせねえ。

珍念は膝を抱えて考えていたが、やがて立ち上がると、

「みんな、おいらの言う事を聞いてくれ。ここから逃げるんだ」

「…………」

みんなは一瞬目を輝かせたが、すぐに頭《こうべ》を垂《た》れてしゅんとした。

「元気を出せ。おいらの知り合いに平七郎様とおっしゃる北町のお役人がいる。平七郎様のところまで逃げればみんな助かる」

尻込みする仲間を励まして、珍念は自分の考えを告げた。

まもなくの事である。

「お腹が痛いよう、お腹が痛いよう」

珍念は大声を上げて蔵の戸を叩いた。

しばらくして、灯《あか》りを片手に持った見張り役が入って来た。

「誰が腹が痛いんだ？」

男が覗きこんだ時、

「それっ！」

珍念の合図で子供たちは一斉に見張りの男に飛びかかって行った。

「この野郎、何するんだ」

子供とはいえ五人に襲われて男は悲鳴を上げた。

「みんな、逃げろ！」

珍念の合図で子供たちは出口に向かったが、五人はそこで立ちすくんだ。

「てめえら、動くな！　逃げようたってそうはいかねえ」

匕首を抜いた助さんが浪人一人と手下二人を従えて立ちはだかり、

「熊《くま》、留《とめ》、こいつらを縛り上げろ！」

鬼のような顔で叫んだ。

それでも隙を見て逃げようとした珍念に、

「このガキ！」

助さんの拳骨《げんこつ》が飛んで来た。

声を上げたのかどうか、珍念は頭だけどこかに飛んで行ったような錯覚に見舞われた。

記憶が、次第に遠くなる。

——助けて、平七郎様……。

珍念は心の中で叫んでいた。


月明かりの道をお房は足早に歩いていた。

襟巻きで顔を覆い、時々後ろを振り返ってきっと見返すのだが、その目は緊張のあまり血走っていた。

――あの人に飲ませた薬が効いているうちに……。

珍念が口にしていた北町の同心立花平七郎に、助けを求めに行かなければとお房は走る。

「気をつけろ！」

うっかり正面から来た男がぶつかりそうになってお房を睨んだ。

何言ってんだい……と言いたいところを、お房は黙って頭を下げてまた急ぐ。

お房の脳裏には、あの男の忌《い》まわしい声が聞こえてくる。

そう……それは今日の夕刻の事だった。

外から帰ったお房は、珍念の姿がないのに気がついた。

青くなって部屋から飛び出すと、板前の松之助《まつのすけ》が言いにくそうに、助さんが連れていっちまいましたよ、というのである。

――しまった。珍念は因幡屋の人買い船に乗せられる。

怒りがお房の胸を突き抜けた。

これまでも助は子供を拾ってきては人買い船に乗せている。お房に洩らした訳ではないが、お房の方は薄々気がついていた。

しかし、お房は松之助に助と呼ばせ、自分もそう呼んでいるあの男の、いわば言うなりになっていた。

本当の名は知らない。二年前この店に転がり込んで来てお房の体を奪った時に、俺は助だ、助さんと呼んでくれと言ったのである。

得体の知れないその助から、お房の体は抜け出せなくなっていた。また、時折見せる凶暴さに店を出て行ってくれとは言えなくなっていたのである。

――しかし、今度だけは許せない。

どうしたものかと考えているところに、平然と助が帰って来たのである。しかも、

「明日船に乗る。酒をくれ」

そう言いながら居間に入って来た。

お房はこの時ひらめいたのである。

ひと月前に不眠のために医者から薬を貰っていたが、それをいっぺんに酒に入れて助を眠らせ、八丁堀に走ることを――。

しかし、江戸橋から本材木町《ほんざいもく》を南に急ぎ、新場橋《しんば》を渡り、神田塗師町代地《ぬしまちだいち》から北島町《きたじま》に入ったところで、後ろからどんと当たって追い越して行った者がいる。追い越しぎわに何かが胸の前で光った。

おやっと思う間もなく痛みが胸に走った。膝がくずおれて蹲《うずくま》ったが、それと同時

に、その者が前方に走り抜けたのが見えた。

「下手な小細工しやがって」

――助……。

間違いなく助の後ろ姿だった。

その時だった。

「どうした！」

走り寄ってくれた人がいる。職人風の男だった。

「立花様、立花平七郎様のところへ……」

お房は力を振り絞って言った。

「いかん、刺されているぞ。医者だ」

職人は誰かに叫んでいた。だがお房は、

「私は大丈夫です。お願いします。立花様とおっしゃるお役人のところへ」

「わかった。何か告げる事があるのだな。つかまれ、立花様の家はすぐそこだ」

お房は男二人に両脇から抱えられるようにして立ち上がった。

まもなくの事である。

平七郎の役宅に、又平に連れられた医者が入った。

「里絵様、了斎《りょうさい》先生が見えました」

又平は玄関から声をかけた。

「ごくろうでした。こちらへご案内下さい」

玄関のすぐ横の控えの部屋から里絵の声がした。

又平が了斎を案内して中に入ると、お房が布団の上に寝かされていて、里絵はお房の手をしっかりと握りしめて励ましていた。

「しっかりして下さい。お医者が参りましたよ、手当をしていただきましょうね。あなたから聞いた話はすぐに平七郎殿に伝えますから、安心して下さい」

里絵はそう言うと、了斎に頷いて手当を頼んだ。

了斎は血濡れたお房の胸元を開いた。胸は微かに息づいている。だが一呼吸するたびに傷跡から血がにじみ出てきて正視するのも痛々しい。

里絵は一瞬目を逸らした。

そして膝を揃えて入り口で控えている又平を目顔で呼んだ。

「又平、平七郎殿にこれを……急いで」

走り書きした文を渡した。

又平は神妙な顔で頷くと、その文を腰の手ぬぐいで包み、懐にしっかりと忍ばせると外に出て行った。

「里絵様……」

里絵が顔を戻すのを待ち、了斎は険しい顔で頷いた。

その目は、お房の傷がただならぬ事を伝えていた。

里絵はいたたまれない思いでお房を見た。お房は息も絶え絶えである。つい先ほどまでのうめき声さえもうなくなっている。だが、里絵がつかんだ手を、お房はぎゅっと握り返してきた。

「お房さん……」

里絵はお房が、何か言いたい事があるのだと思った。

お房の口元に耳を寄せると、お房は小さな声で言った。

「珍念に、つ、伝えて……し、しっかり、生きて……生きて……」

そこでお房は気を失った。

「先生」

声を震わせて振り返った里絵に了斎は言った。

「ここ一両日が勝負ですな」

六

伊勢町堀の因幡屋の蔵が開き、慌ただしく人足たちが動き出したのは、暁《あかつき》七つ（午前四時）頃だった。

蔵の前の堀の上には幾艘もの艀《はしけ》が浮かび、人足たちが次々と船に荷物を積み込んでいく。

その様子を対岸の物陰からじっと見守っているのは平七郎と秀太、それに辰吉と彌次郎の四人である。

平七郎たちが調べたところによれば、因幡屋は大坂が本店で、江戸は支店となっていた。

大坂で仕入れた諸国の品を回船に乗せ、紀伊《きい》半島を回って熊野灘《くまのなだ》を北上し三河《みかわ》湾へ、さらに遠州《えんしゅう》灘から相模《さがみ》湾を抜けて江戸湾に入り、大坂の荷を下ろすと、今度は江戸で仕入れた品を船に積み、大坂に向かうのが決まった航路となっているようだ。

「平さん、珍念たちは見えませんね。別のところに押し込められているのでしょうか」

秀太が平七郎に囁《ささや》いた。

「うむ……」

平七郎は昨夜又平が届けてくれた、里絵からの文を思い出していた。

里絵は、助という男が珍念を連れ去ったこと、それまでにも助は浮浪の子供たちを集めて船で大坂に送り、大坂からさらに西国に子供を送って、異国船との取引に対価として売っていた事など、お房から聞いた話を書き連ねていた。

大坂に向かう船が明日出発する、子供たちは因幡屋の蔵に閉じこめられているに違いないとも書かれていた。

菊太郎が殺されたのも、そのからくりを知られたばかりか、親の敵と奉行所に訴えられては面倒だという思惑からだったとすれば、全て合点がいく。

「それにしても助五郎という男、まだ現れませんね」

秀太がぽつりと言った。

やがて船は積荷が終わった順に出発していく。

——おや……。

空船が一艘だけ残っている。

人足たちも引き上げて、他の船が伊勢町堀を出て行ったというのに、その一艘だけが残っている。

空船が泊まっている側《そば》に蔵が見え、その蔵の戸が開いた。

「平さん……」

辰吉に促されて平七郎もその蔵に視線をやった。すると、

「勝手な真似をするんじゃねえぜ」

男三人に見張られて子供たちがぞろぞろ出てきた。

「珍念だ……」

秀太が呟《つぶや》いた。

子供たちは腰縄をつけられてそれぞれが繫がっている。まるで罪人を連ねているような光景だった。

「辰吉、頼むぞ！」

平七郎が走り出した。秀太と彌次郎も後に続く。

しゅるしゅるしゅる。

後ろで白い煙が上った。

人買い船に乗せられる子供たちが見つかった時、東堀留川に待機している一色率いる捕り方たちに知らせるのろしであった。

平七郎たちはそののろしを背に、朝靄《もや》の籠もる道浄橋を一気に渡ると、因幡屋の蔵を挟み撃ちするように走り込み、

「その船待て！」

三人の男を堀側に押しやるように取り囲んだ。男の一人は、あの助という男だった。眉の切れた男だった。

「平七郎様！」

船に乗りこんだ珍念が立ち上がって嬉々として叫んだ。

「珍念、待ってろ、いま助けてやるからな」

「みんな、言っただろ、平七郎様がきてくれたんだ」

珍念は仲間に叫び、今度は平七郎に訴えた。

「平七郎様、おいらたち、こいつらに人買い船に乗せられるところだったんだ。こいつらは悪人だ、一番の悪人はこの男だ」

珍念は陸からにらみつけている助を名指した。

子供たちは腰縄がついているのも忘れて、我先に陸に上がろうとした。

「黙れ。この野郎、動くな！」

助は匕首を引き抜いた。上がってこようとする子供たちを足蹴にし、刃を子供たち

に向けた。そして平七郎たちを睨んで叫んだ。

「ちくしょう、お房の奴、生きてやがったのか」

「そうか、お前がお房を襲ったのか……」

平七郎はゆっくりとその男に近づいた。

「野郎」

身構えた男の顔が月の明かりではっきりと見えた。

「へ、平さん、こやつは間違いなく手配書の助五郎だ」

秀太が興奮した声を上げた。突き出した十手が男の顔にぴたっと狙いを定めている。

「ふん、なんの事だか……」

助は鼻白んで空惚《とぼ》ける。だが、平七郎は懐から手配書の人相書きを取り出して助の前に広げて見せた。

「間違いない。お前は、抜け荷で追われている助五郎だ。言い逃れは出来ぬぞ」

その人相書きは、一色から昨日平七郎に届けられていた。眉半分が欠けた凶悪な顔は、まさに目の前の助と呼ばれる男と一致していた。

「だったらどうしたってんだ。お察しの通り俺が助五郎よ。だがよ、おめえたちの手にはかからねえよ」

助五郎が仲間に顎をしゃくった。すると男三人が船に飛び乗った。

「急げ！」

震えている船頭に助五郎が叫ぶ。

だが、

「兄い！」

助五郎と一緒に船に乗った男の一人が、道浄橋下を驚愕して指さした。

そこには、『御用』の提灯を掲げた奉行所の御用船が列を組み、今まさにこちらに向かって来ているではないか。

一方伊勢町大路にもざわめきが起こっていた。ここも捕り方が因幡屋の店を取り囲んでいた。

「兄い」

狼狽《ろうばい》する手下を従えた助五郎は、

「ちくしょう……」

咄嗟に佐太郎の襟首をつかむと、その喉元に匕首《ど》を突きつけた。

「こいつらの命、助けたかったらあの船を退かせろ！」

「なんて奴だ、平さん、どうしましょう?」

秀太が地団駄《じだんだ》を踏んだその時だった。

珍念が立ち上がって子供たちに手を振った。子供たちは一斉に三人の男の後ろからその足に飛びついた。

三人の男は船の中に倒れ込んだ。

「やっちまえ!」

珍念の合図で、子供たちが男たちに襲いかかった。

これを見た彌次郎が堀に飛び込んだ。すばやく船にはい上がると、子供たちが押さえつけた男二人に縄をかける。

「彌次郎!」

「くそっ」

かろうじて助五郎だけが陸に飛び移って来た。だがそのみぞおちに平七郎の腕が伸びた。

声を出す暇《ひま》もなく助五郎はその場に落ちた。

「とんだ野郎だ」

秀太が得意げに縄をかけた。

「おこうさん、すみません。そちらのお味を見て下さいな」

里絵は、炊きあがった煮染めの鍋をちらと目で見て促した。里絵が襷《たすき》がけに前垂れをして、台所で働く者たちを指図するなど滅多にない光景だった。

辰吉は魚をさばいているし、秀太の家で下働きをしている婆さんは竈《かまど》でご飯を炊いている。

又平は薪《まき》や水を台所に運ぶのにおおわらわである。

「あの、子供たちにはおにぎりの方が食べやすいのではないでしょうか」

味見をしていたおこうが里絵に言った。

今日は珍念と佐太郎と寅吉の門出である。

先の捕り物で捕らえられた助五郎は、その後のお裁きで引き回しの上獄門、凶悪犯としての裁定が下ったのだ。

手下二人は死罪のなかでは軽い罪である下手人。また因幡屋は抜け荷に手を染め、子供たちを助五郎のいいなりに船に乗せて運んでいた罪軽からずとして死罪と決まった。因幡屋が財産全てを没収されたのは、言うまでもない。

そして子供たちは、江戸の者は親や親戚など縁に繋がる者たちに引き渡され、他国の者は奉行所の計らいで国元まで送られた。

水戸から出てきた寅吉と佐太郎は、おふくが帰国まで面倒をみることになり、身寄りのない珍念は、お房のこともあって平七郎の家でこの十日ほどを暮らしていた。

寅吉と佐太郎が明日国元に帰ることになったのだが、珍念も今日再出発することになったのである。

里絵の看病のかいもむなしく、お房が亡くなったと聞き、珍念は声を上げて泣いたのだが、それを見ていた里絵が平七郎と相談の上、お房から聞いた話を珍念に伝えてやることにしたのであった。

お房は最期にこう言ったのである。

「奥様……珍念は私を母だと思っているに違いありません。ですから本当のことをお伝え下さいまし……」

お房はそう前置きすると、声は小さいがしっかりした口調で言った。

「珍念が夢の中でおっかさんと橋の上で別れたと言いましたが、それは夢ではありません。珍念を昌平橋の上に捨て置いたのは私です」

「…………」

里絵は驚愕した。言葉がすぐには見つからなかった。お房は大きく息をつくとさらに続けた。

「でも、私は珍念のおっかさんではありません……」

いまから十二年前のこと、お房は本郷《ほんごう》の武家屋敷の門前で、白い籐《とう》の籠の中で泣いている幼児を見つけた。立ち上がっては尻餅をつき、また立ち上がっては尻餅をつき、まだしっかり歩き出せない男の子だった。

当時お房は、不忍池《しのばずのいけ》の側にある茅《かや》町で住み込みの仲居をして暮らしていた。その日は女将さんの言いつけで、店に馴染《なじ》みの武家屋敷に集金に行っての帰りだった。

屋敷には門番も見えなかった事から、その籠に近づいたのである。

子供は絹の着物を着せられていた。紙片が一枚、子供の胸元から覗いていた。

お房は、このままそっと帰ろうかと思ったのだが、背を向けると、子供は火がついたように泣くのである。

――捨て子だ……。

お房は、そう思った。誰かが御武家の屋敷に捨てたに違いない。

だがこの目の前の屋敷の者は、知らぬふりをしているのだ。拾えば育てなければならない。このご時世だ。裕福な御武家ならまだしも、暮らしに困っている御武家なら捨て子は拾えない。いや、ひょっとして目の前のこのお屋敷が捨てたのかもしれない。お房はいろいろと想像した。そうしているうちに捨て置いたまま引き返せなくなったのである。

とうとうお房は、その子を拾って帰って来た。

胸に挟んでいた紙片には、

『この子は双子の片割れです。二人のうち一人は手放さなければいずれも丈夫に育たないといわれています。どうかこの子をよろしくお願いいたします。』

紙片の文を読んだ女将さんは、お房にそう書いてあるのだと教えてくれたのである。

「面倒な者をひろってきちまったね」

お房が女将さんにひどく叱《しか》られたのは言うまでもない。

お房は子の名を千太《せんた》とつけた。女将さんに頼み込んで、料理屋の空き部屋でひそかに育てていた。だが、商売に支障が出るなどと言われて追い出されたのである。

その後も転々と働き場所を変えたのだが、どこも長続きはしなかった。

好きな男も出来たが、ガキがいるんじゃあな、と面倒がってお房の体だけ奪って去って行った。

お房はだんだん千太が疎《うと》ましくなったのだ。

「お前のために、働き口もない、金もない、やっちゃいられないよ」

お房は千太を捨てる事を決心した。

それがあの昌平橋の上だったのだ。

千太を捨てたお陰で、その後の暮らしは成り立つようになっていったのだが、何も知らない無垢《むく》な子を捨てたという罪悪感は、胸から消えることはなかった。

はじめのうちは昌平橋を避けて通っていたのだが、近頃になって、ひょっとしてあの時の子があの橋の上で私を捜しているんじゃないかという思いに度々さいなまれるようになった。それならせめて、あの子に会って本当のことを告げてやらなければ
……それで三日に上げず昌平橋を渡っていたのだ。

珍念に会ったのは神の引き合わせだった。

しかし、家に連れ帰ったものの、なかなか珍念に本当のことを言い出せなかった。

――今夜こそ……。

そう決心した矢先に、助によって珍念は連れ去られたのだった。

そのままにして、見て見ぬふりは出来ない。二度もあの子を捨てられない。今こそ昔の償《つぐな》いをしなければと、平七郎の家に走ったというのであった。

「奥様……あの子は御武家の子です。本郷あたりの御武家の子です」

お房は、繰り返し繰り返し里絵に訴えた。

「珍念が捨てられていた家は覚えていますか」

里絵が聞くが、お房は哀しそうな目で否定した。

だがお房は、思い出したように力を込めて里絵に言った。

「あの子の背中には、あざがあります。猪牙舟《ちょき》のようなあざが……」

「あざ……」

しかし、それだけで珍念の親がわかる筈もない。

だが、その話を昨日平七郎は珍念に伝えてやった。

珍念は膝を揃えて神妙な顔で聞いていた。

平七郎が話し終わると、里絵が優しい目を送って珍念の手を取って聞いた。

「珍念、ここからは珍念の考えを聞きたいのですが、この家にいればそのうち両親もわかるかもしれません。この家で暮らしてみてはいかがですか……」

「…………」

「遠慮はいりません。ここにいれば勉学も出来ますよ」

「…………」

珍念は、しばらくじっと考えていたが、すっと顔を上げると、こう言ったのである。

「奥様、平七郎様、私は立派なお坊さんになりたいのです。立派なお坊さんになったら、おいらのような身寄りのない者を助けてあげることが出来る。亡くなった和尚さんのように……おいらの夢はお坊さんです」

平七郎は黙って頷いた。珍念の親探しは俺の手でやってやろう。たとえ珍念が坊さんになる覚悟をしてもきっとその事は望んでいるに違いない。

平七郎はすぐに親しくしている下谷《したや》の竜安寺《りゅうあんじ》に足を運んだ。そして珍念のこれまでの素性を伝えた上で寺に引き取って貰うことにしたのであった。

だから珍念も今日が再出発の日だと言っていい。

おこうもむろんそのいきさつは知っている。

珍念のこれからが幸せであるように、炊きあがった白いご飯を握っていると、

「ただいま」

珍念が小走りで入って来た。

「まあ、珍念、ずいぶん立派になって」

おこうは目を見張った。

よれよれの衣服を着け、汚れたなりをしていた珍念が、風呂に入って垢を落とし、

仕立てたばかりの白い小袖に漆黒の衣を着けている。

「平七郎様と湯屋に行って来たんだ」

珍念は嬉しそうに振り返った。

そこへ平七郎がにこにこして入って来る。

「良かったこと、で、この着物は……」

おこうは、珍念の前にしゃがんでまじまじと見た。

「平七郎様のおっかさまが縫ってくれたんだ」

珍念は微笑んでこちらを見ている里絵をちらと見て、恥ずかしそうに言い、

「暖かいんだ、とっても……こんな綺麗な着物は初めてだ。おいら、おいら……」

何かを言おうとして珍念はぼろぼろと涙を零《こぼ》す。

「似合っていますよ、珍念……お房さんもきっとあの世で祈ってる。珍念、幸せになりなさいって……」

おこうもつい目頭を押さえる。

「そうだ、珍念、立派な坊さんになれ、お前ならなれる」

平七郎も珍念の前にまわって、珍念の肩に手を置いた。

珍念は泣きながら、にこっと笑った。屈託のない明るい笑みだった。

その時である。

俄《にわか》に玄関が賑やかになった。

寅吉の声、佐太郎の声、引き連れてきたおふくの声、迎える秀太や彌次郎の声……

明るい声が玄関に溢れていた。

「さあ……」

平七郎が珍念の頬の涙を拭って促すと、珍念はにこっと笑い返して玄関に走って行った。

「平七郎殿……」

母の里絵が袖口で目頭を押さえた。

——案じることはない、珍念はやり遂げる。

平七郎は思った。

第二話　報　復

一

「すると、太一《たいち》はお構いなしになったのだな」

立花平七郎は、平塚秀太と顔を見合わせると、越後屋太兵衛《えちごやたへえ》に訊き返した。

「はい、さようでございます」

太兵衛は手巾で丸い額《ひたい》を押さえると、

「今日夕刻には家に帰して貰《もら》えるのではないかと、番屋から今朝報せがありました。頃合いをみて番頭さんを迎えにやろうかと考えております。立花様、これも立花様のお陰でございます。ありがとうございました」

恰幅《かっぷく》の良い体を二つに折った。

倅《せがれ》太一のために、太兵衛は何度こうしてあちらに頭を下げ、こちらに頭を下げして来たことか、平七郎は丸い背中を見て気の毒になった。

齢《よわい》五十を過ぎた太兵衛は、この江戸では有名な煙草《たばこ》問屋の主である。

深川の六間堀に行徳《ぎょうとく》街道を結ぶ猿子《さるこ》橋があるが、越後屋はその猿子橋の東詰に暖《の》簾《れん》をかけている。

店の前を抜ける道は行徳街道と呼ばれている大路で、猿子橋の西向こうには深川元町と御籾蔵《おもみぐら》が見える。

町の番屋は橋ひとつ北向こうにあるが、昔から太兵衛は町の役人を務めていて、定町廻りだった平七郎とはよく知った仲だった。

平七郎の父親も定町廻りだったから、親子二代のつきあいになる。

平七郎は、定町廻りを退き橋廻りになったのちも、大川に架かる橋を点検に来た時には、越後屋に時折立ち寄っていたのである。

しかしこのたびは一人息子の太一が殺しの容疑で茅場《かやば》町の大番屋に引っ張られたと聞き、平七郎は秀太と大番屋まで足を運んでみた。

すると太一は仮牢でうつろな目をして座っていた。

番屋の役人の話によれば、両国に店を出している水茶屋の女おたきが殺されて向《む》嶋《こうじま》の土手で見つかったが、調べていくうちに太一とつきあっていた事がわかり、それでしょっぴかれたものらしい。

お縄にしたのは南町の岡っ引だった。

だが太一は、平七郎の顔を見るなり、親父に負けない大きな体を揺さぶって、自分は無実だと泣きながら訴えたのだ。

太一の言うのには、女が殺されたと思われるその日は、博奕《ばくち》仲間で飛脚《ひきゃく》問屋の次男坊の真二郎《しんじろう》と、博奕場と岡場所を行きつ戻りつして楽しんでいたというのであった。

ところがその真二郎は、親父が怖《こわ》くて家に寄りつかない。無実を証明しようにも真二郎の所在が分からないので、証明のしようがないと訴えたのだ。

平七郎は、金輪際《こんりんざい》親父さんを泣かせない、遊びから足を洗うと太一に約束させたのち、放浪していた真二郎を探し当て、太一の言う事に間違いないのを確かめたのだった。

その上で平七郎は昨夕、番屋に調べた事を一切合切《いっさいがっさい》書きつけて渡し、太一を取り調べている同心には、不審ならばもう一度調べてみてくれという伝言を残して帰っている。

さらにその後の経過を見届けるために、今日この猿子橋袂の店を訪ねてみたのだが、太一がお構いなしとはなったものの、太兵衛の心痛はおさまりそうにもない気配である。

太兵衛は、疲れた顔を上げて平七郎たちに言った。

「女房と別れて十年になります。親の勝手で子供に辛《つら》い思いをさせているという後ろめたい気持ちが、あれをよからぬ道にやってしまいました。今度こそ改心しないようであれば、私も腹をくくるつもりでございます」

せっぱ詰まったような目を向ける。

「太兵衛、俺も重々言い聞かせた。太一も今年で二十歳《はたち》になったのだ。今度はひやりとしただろうよ、そう案ずることもあるまい」

「恐れ入ります」

太兵衛は肉付きのいい肩を丸めた。

「おとっつあん」

その時だった。女の足音がしたと思ったら、太一の妹おかよが敷居際に座って告げた。

「お店に、おとっつあんに会いたいってまたあの人が……」

おかよは太一と違って世間を知らないほがらかな娘である。だが今日は不安で顔を曇らせていた。

「わかった、すぐに行くと伝えておくれ」

太兵衛はそう言うと、もう一度平七郎と秀太に頭を下げた。

平七郎と秀太はそれで座敷を出たが、廊下を渡って店に出て土間に下り立った時、帳場の衝立《ついたて》越しに座る客の男の横顔を見て、おやと思った。

頬はそげ落ち、前を見据える眼光は鋭く、男は近寄りがたいような陰険《いんけん》なものを体の芯《しん》から発している。暗い穴ぐらから這い出てきたような、犯科者特有の凶暴なものが垣間見えた。

——あんな男がなぜ太兵衛に会いに来たのだ……それもおかよの口ぶりでは初めてではないようだったが……。不審を持ったまま店を出て、男の顔を思い浮かべていると、

「そうか……平さん、思い出しましたよ」

秀太が立ち止まり、後ろの越後屋の暖簾を振り返って言った。

「どっかで見たことがあると思ったら、小宮山《こみやま》さんが手札を渡している岡っ引ですよ」

「何……なんという名だ?」

「えび……じゃなかった、そうだ、伊勢蔵《いせぞう》っていう男です」

「伊勢蔵」

平七郎は驚くと同時に意外な気がした。

小宮山彦四郎《ひこしろう》は北町でも温厚な同心である。争いを嫌う男であった。今もたしか

定中役《じょうちゅうやく》についている筈《はず》だったが、よりにもよって、あの彦四郎がいわくのありそうなあのような岡っ引を使っているとは……。

嫌な予感がした。何か事情があるのだろうかと秀太と肩を並べて歩いていると、

「お待ち下さいませ、平七郎様！」

後ろでおかよの声がした。

振り返ると、おかよが追いかけて来て言った。

「平七郎様、兄のことをお願いしたばかりで申し上げにくいのですが、私、心配なんです。さっきのあの人、伊勢蔵さんていうんですが、おとっつあん、脅《おど》されているんじゃないかって」

「何、脅されている？　あの者は岡っ引じゃないか」

「ええ、そうですけど……」

おかよは一瞬躊躇《ちゅうちょ》したが、

「兄さんの事もありますし」

「あの者が太一にお縄をかけたのか……太一に縄をかけたのは南の岡っ引だと聞いているが」

「はい、それはそうですが、兄さん、今度のことでは恥をさらしました。その弱みに

つけこんで」

「岡っ引が脅すというのか？」

「はい。私の友達にお常《つね》ちゃんて娘《こ》がいるんですが、その人のおとっつあんは、あの人がお店に来るたびに脅されてお金を渡しているんだって言ってたんです」

「なんという店だね、その店は？」

「薬種問屋の板倉屋《いたくら》さんです」

「板倉屋……本町にある板倉屋のことか」

秀太が訊いた。

するとおかよは、怯えた表情で言った。

「はい。だから私心配で……あの人、近頃たびたびおとっつあんを訪ねて来てるんですもの」


「伊勢蔵？」

おこうは、平七郎に茶を淹《い》れて座り直すと聞き返した。

隣の部屋では刷り上がった読売が束にして三つ置かれているが、辰吉も職人も町に売り出しに出たとみえて、店の者は誰もいなかった。

読売の内容は、先ごろ向嶋の土手で殺されていた水茶屋の女おたきには複数の男がおり、犯人はそのうちの一人だと書かれていて、平七郎も店に入るなり読んでいる。

「そうだ、北町の小宮山さんの手下だ」

平七郎はおこうが淹れてくれた茶を飲んだ。

「札付きの岡っ引ですよ、伊勢蔵は」

おこうは言った。

「知っているのか」

「この眼で確かめた訳ではありませんが、自分のシマでもない商家や人物に会い、強面《こわもて》をいいことに袖の下をとってるって噂ですよ。伊勢蔵がどうかしたのですか」

「うむ」

平七郎は、このたびの事件で嫌疑をかけられた越後屋に出向いた折に、伊勢蔵の姿を見たのだと言い、その時おかよから気になる話を聞いたのだと告げた。

おこうは、大きなため息をついたのち、平七郎をちらと見て言った。

「おかよさんの勘が当たっているかもしれませんね」

「何……やはり越後屋は脅しを受けているというのか」

「ええ、だって太一さんて人、捕まっていたんでしょ。殺しには関係ないってことに平七郎様のお陰でなったんでしょうが、ああいう人はそれだってネタにする、何でもネタにしてお金を巻き上げるんですから……ええ、袖の下なんてもんじゃないでしょうね」

「岡っ引だ、袖の下なら許されても、恐喝となるとな」

「ええ、強請《ゆす》られている者からみれば恐喝でも、やってる方は袖の下くらいに思っている。仮にお奉行所に訴えても、そこのところは、よほど証拠がない限りお裁《さば》きも難しいんじゃありませんか」

「しかし、本当に恐喝まがいの事をやっているのなら放ってはおけぬな」

「でもどうして、そういう人を手下に使っているんでしょうね。そりゃあ、岡っ引にもいろいろあって、一歩間違えば咎人《とがにん》だったって人もいるでしょうが、堂々と恐喝してるとなれば使っているお役人の責任を問わなければ……」

「調べてみるか」

平七郎が膝を起こしたその時だった。

「平さん、伊勢蔵のマエがわかりましたよ」

秀太が得意げな顔で入って来た。

「お前は……まさか永代橋に行かなかったのか」

平七郎は言った。

今朝永代橋袂に店を持つおふくから、橋の上に昨日から浮浪の者たちが座り込んで往来する人に銭をせがんでいる。注意をしたが薄笑いを浮かべるばかりで薄気味が悪い。一度見に来て欲しいと言ってきたのだ。

それで秀太が一人で出かけて行ったのだが、まさか伊勢蔵のマエを調べていたとは——。

「行ってきましたよ。橋の上で座っていたのは、ついひと月前まで御曲輪《おくるわ》内の崩れた石垣を積んでいた人足三人でした。皆水呑百姓の次男三男で、いい仕事がある、三月《みつき》は労賃を保証するという触れこみで江戸にやって来たらしいのですが、突然雇い主の池田屋《いけだや》から仕事はなくなったと追い出され、おまけに労賃もまともに貰っていなかったとかで、途方にくれて橋の上で物乞いをしていたのです」

「それで、その者たちはどうしたのだ……」

「私の実家に預かって貰いました。国に帰る路銀が出来るまで働いて貰って、それで」

「平塚様」

おこうが遮《さえぎ》った。

「おかしいんじゃありませんか。国に帰る路銀は池田屋に払わせなきゃ、そうでしょう」

「私もそう言ったのですが、そんな事を言ったらお咎めを受けちまうって」

「なぜだ、誰がそんなことをするんだ」

「誰だかわからないんですが、お役人がそう言ったんだって、池田屋に無理難題を言う者はしょっぴくぞって」

「何……」

「多くの者たちはそれで黙って故郷に帰ったようなのですが、橋の上にいた三人は帰りの路銀もないようでして、それで……」

「お役人というのは誰の事でしょうね、平七郎様。伊勢蔵っていう岡っ引の話をしていたところなのに、今度はひどい役人の話……嫌になってしまう」

「それそれ、おこうさん、私が平さんを捜していたのはその事です。伊勢蔵って奴は、とんでもない男だったんですよ」

「マエがあったのではあるまいな」

「博奕打ちだったらしいんですが、モッソウ飯を食らっててんじゃないかという噂もありますよ」

「何……」

「〝スズメバチの伊勢〟とかなんとかと呼ばれて仲間にも恐れられていたようですからね、そうとうの悪ですよ」

「それがどうして岡っ引になったんだ」

「そこまではまだ……とにかく、凶状持ちが十手《じって》持ちになったって、両国の小屋あたりをうろついているちんぴらたちが首を傾げていたんですから」

「しかしなんだな、秀太。今度ばかりはやけに動きが速いじゃないか」

平七郎はにやりとして言った。

「な、何ですか……私も同心のはしくれですよ、それぐらいの事はすぐに調べられますよ」

しどろもどろする秀太におこうが言った。

「わかった、おかよさんね。越後屋のおかよさんのために……そうでしょ」

「嫌だなあ、おこうさんは……そんなんじゃありませんよ」

秀太はぷーっと膨れてみせた。

「なるほどな、秀太、そういう事だったのか……」

「平さんまで……じゃ平さんは放っておけ、知らぬ顔の半兵衛を決め込んでおけって、そういう訳ですか」

「怒るな、俺だって気にかかっている」

秀太が向かったのは、伊勢蔵が頻繁《ひんぱん》に立ち寄っているという蠟燭《ろうそく》問屋の小松屋《こまつ》だった。

小松屋は大伝馬町《おおてんま》三丁目にある名の知れた店のひとつだが、一年前に先代万五郎《まんごろう》が急死して婿養子の宗助《そうすけ》が跡を継いでいるが、いっとき宗助が先代を毒殺したのではないかという噂が立った。

昨日までぴんぴんしていた万五郎が就寝前に胃薬を飲んだが、朝になって女中が起こしに行くと、すでに亡くなって冷たくなっていたというのである。

舅《しゅうと》と婿の仲が悪かったことも事実で、万五郎の娘で宗助の妻のお志野《しの》は、そのよからぬ噂にふりまわされて体調を崩していたらしい。

ことの真相は知るよしもないが、脅しをするには格好の話であった。

そこに伊勢蔵が現れるというのだから、きっと何かあると秀太は考えたのだ。

「誰だあの男は……北町の者ではないな」

平七郎は厳しい眼差しを向けた。

二人は小松屋の表が見える向かい側のしるこ屋に座っている。

そのしるこ屋の窓から、同心がひとり店から出て来て番頭に見送られて帰って行くのが見えたのだ。

番頭は暗い顔にため息をついて店の中に引き返したが、一方の同心は泰然として去って行ったのである。

同心は北町の者ではなかった。見知った顔ではなかったが、中肉中背で眉の濃いのが目立っていた。

「まさかとは思いますが、伊勢蔵のことを調べにきたのかもしれませんね」

秀太が言った。

「小松屋さんのこと、何かお調べなんですか？」

しるこを運んできた女が興味深そうな顔で立っていた。

「いや、ちょっと気になることがあってな」

平七郎が笑って答えると、

「たいへんらしいですよ、小松屋さん」

聞きもしないのに女は言った。しるこを置いても盆を胸にしてその場を離れようとはしない。何か聞いてくれと言わんばかりの目を平七郎に、そして秀太に向けて待っている。

「どう大変なんだね」

「だってさ、お役人がやってくるし、恐ろしい顔をした親分さんもしょっちゅう……そのたんびに」

女は思わせぶりに袖口から一方の手をさし込む真似をして、袖の下を要求しているのだという表現をしてみせた。

そうしてさらにこう言ったのだ。

「それもはした金じゃない。お役人や岡っ引に出入りされて世間からは白い目で見られる。もう店はたたむしかないんだって……」

「誰がそんな事を言ったのだ？」

「小松屋さんの手代さん」

「ほう……」

「でも外には絶対漏らしちゃいけないって言われているんだって」

女はそこまで話すと気がすんだのか板場に向かった。だがすぐに引き返してきて、

「あ、あの人、あの親分さん、何度も来てさ」

店の入口から向こうを指差した。

平七郎と秀太が急いで外に出てみると、小松屋の前まで来た岡っ引が立ち止まってこちらを見ていた。

あの、越後屋で見た男、紛れもなく伊勢蔵だった。

「あの野郎ですよ」

秀太が大きく小松屋の方に足を踏み出した時、伊勢蔵は踵《きびす》を返して足早に去って行った。

「ね、ほんとでしょ」

後ろからしるこ屋の女の声がした。

二

三日後のことであった。

上役の大村虎之助《おおむらとらのすけ》に定期の報告をすませた平七郎が、秀太と奉行所の玄関を出たところで、伊勢蔵に手札を渡している小宮山彦四郎とばったり会った。

「久しぶりですな、立花さん」

声をかけて来たのは彦四郎の方だった。

彦四郎は背が高くて痩《や》せている。おまけに青白い瓜実顔《うりざね》の男で、一見病弱に見える。

茶の他には興味のなさそうな彦四郎が、手に椿の枝を持っていた。枝には一輪真《ま》っ赤《か》な花が開き始めている。

「これはまた風流な、見回りの帰りですか」

平七郎は笑みを漏らした。

平七郎の記憶では、平七郎が定町廻りをしていた頃から、彦四郎は定中役で、手の足りないところに、応援に駆りだされるという軽い役についていた筈である。

「相変わらずです」

彦四郎は気さくな顔で頷《うなず》くと、手にした枝をひょいと見せて、

「侘助《わびすけ》ですよ。里で今頃咲く変わった品種です。見回りに行った先で、私が茶を嗜《たしな》むと知ってくれたのですよ」

照れくさそうに笑った。

平七郎より五つは上の筈だが、年上も年下もない態度で接してくる。肩の凝《こ》らない人だった。

春風駘蕩《しゅんぷうたいとう》のその風情に、つい屈託《くったく》のない笑みを平七郎は送ったが、二人のやりと

りを聞いていた秀太が、

「小宮山さん」

二人の話に割って入った。

「私は平さんと一緒に橋廻りをやっております平塚と申しますが、ひとつお聞きしたいことがあります。岡っ引の伊勢蔵は小宮山さんが手札を渡していると聞いていますが、なぜあのような者を手下にしているのか教えていただけませんか」

抑えてはいるが食ってかかる口吻《こうふん》だった。

「伊勢蔵のことですか……ちょっと待ってくれますか」

彦四郎はいったん奉行所内に消え、椿の枝を置いて来ると、平七郎と秀太を玄関横の腰掛けに誘った。

ここには常に奉行所に出向いてきた町人たちが、順番を待って腰掛けているのだが、今日は一段落したあとで町人の姿はなかった。

「伊勢蔵が何か、不都合なことでもしたのですか」

彦四郎は西日を受けた頬を平七郎に回して訊いてきた。

「小宮山さんは例の水茶屋おたき殺しの一件はご存知ですか」

「知っているが、それが何か……」

「直接関わっているのですか」

「いや」

「すると伊勢蔵がそのことで探索に出向くことはない……」

「もちろんです」

「じゃ、伊勢蔵はなぜ越後屋に出向いたんでしょうね」

横合いから秀太が言った。問い詰めるような厳しい口調になっている。

「秀太……」

平七郎は秀太を諫《いさ》めると、疑いは晴れたが殺しに関わりがあったとされた越後屋の倅の話をし、なぜかその越後屋に伊勢蔵がしばしば訪れているらしいが、心当たりが彦四郎にあるのかと訊いてみた。

「はて……」

彦四郎は考え込むような顔をしたが、

「立花さんも伊勢蔵を疑っているんですな、あの男が恐喝まがいの事をしていると」

「そうです。どう見ても清廉潔白《せいれんけっぱく》には見えませんからね」

そう言って、平七郎は笑った。

「誤解じゃないでしょうか、あの者の持つ強面《こわもて》の人相のせいではありませんか」

彦四郎はどこまでもお人好しの感じである。

「人相は悪いが、あの者の腕はたしかですよ」

彦四郎は言った。

そして、二ヶ月ほどまえに浅草寺《せんそうじ》門前の質屋に盗みに入った者たちの居場所を見つけて捕縛した事があったが、伊勢蔵の勘働きがなかったら、ああうまくは行かなかったと話し、自分は人がどう言おうと伊勢蔵を信じていると庇《かば》った。

「しかし小宮山さん、人がどう言っているのか、本当に十手をひけらかして町人を脅したりしていないか、自分が使っている手下の所業は知っておかなくては……同心としての責任てものがあるのではありませんか」

秀太は遠慮のない口調で追及する。

「おっしゃる通りだが……」

彦四郎は困った顔をした。庇ってはいるが、やはり心のどこかに一抹の不安を抱いているらしい。

「ひとつ聞かせてもらえませんか。伊勢蔵は博奕打ちだったそうですが」

平七郎が聞いた。

「………」

「さよう、両国裏の賭場を根城にしていた男ですよ」

「しかも凶状持ち」

「誰がそんなことを言っているのですか」

「違うのですか」

「私は知りません。ああいう男ですから、皆が勝手にそう言っているんじゃないですか」

「しかしなぜ、あの者を手下に？」

「手入れをしたんですよ、一年前にあの賭場を」

「ほう……」

「その時、押し込みを重ねていた金蔵《きんぞう》って男があの賭場の常連だと、伊勢蔵が知らせてくれたのです」

「つまり伊勢蔵は仲間を売ったという事か」

「そう言われればそうかも知れませんが、金蔵は人ひとり殺していましたからね、定町廻りを手助けして私も金蔵探索に加わっていました。その時ですよ、伊勢蔵が自分を手下にして欲しいと熱心に喰い下がりましてね。私も、もしもそれで伊勢蔵がそれまでの暮らしを改めて、立ち直れるきっかけになるのならと、そう思ったわけです。

伊勢蔵には、そう思わせるだけの真剣なものが見えましたから」

「おかしいと思われなかったのですか。十手を与えるのは特権を与えるのと同じです。それをひけらかして脅して金を取ることだって出来るのです」

秀太が言った。彦四郎の性善説のような考えが苛立たしいと思ったようだ。

「そんな男ではありませんよ、伊勢蔵は……なんなら今から確かめてみますか、伊勢蔵は照降町《てりふり》の裏店に住んでいます。そうだ、私も一緒に行きますよ」

流石《さすが》の彦四郎も少々気を悪くしたらしい。

「いや、不躾《ぶしつけ》な質問を重ねました。気を悪くしないで下さい」

「私はね立花さん、こういう性格ですからね、伊勢蔵ぐらいの手下がちょうど釣り合っていると思っていますよ」

彦四郎は立ち上がると、青い敷石を踏んで玄関に向かった。

奉行所内は門を入ると玄関まで幅五、六尺の青板の敷石が伸びている。

そしてその両端は、選《え》りすぐりの那智黒《なちぐろ》の砂利《じやり》が敷き詰めてあり、小者が常に水を打ってつるつると光っているが、西日の弱々しい光のせいか、それもなんとなくうら寂しい光景に見えた。

「平さん、小宮山さんは気づいていないようですが、伊勢蔵にはきっと何か魂胆《こんたん》があるに違いありません」

彦四郎の背を見送った秀太が言った。

――確かに秀太の言う通りかもしれぬ。

ひとの良い彦四郎は、伊勢蔵を微塵《みじん》も疑いたくはないのだろうが、もしも伊勢蔵が彦四郎の好意に反して、非道な振舞いをしていれば、それが発覚した時には彦四郎もただではすむまい。

今よりもっと条件の悪い閑職に回されるのは必定……と考えると平七郎は思わず苦笑いした。

定中役も橋廻りもさして役の優劣はないなと思ったのだ。

同じような閑職なのに、飄々《ひょうひょう》として茶道にうつつを抜かしていると悪びれずに言う彦四郎は、本当は並みの役人より腹の据わった人物なのかも知れない。

――その男が、他人がどう評価しようと信頼している岡っ引とは……。

今までとは違った伊勢蔵への興味が湧いてきた。

「秀太、伊勢蔵に会ってみるか」

平七郎は肩を並べて歩く秀太に告げると、伊勢蔵が住む照降町に向かった。

　二人が、伊勢町堀の道浄橋や東堀留川に架かる和国《わこく》橋など、それとなく目を配り、さらに東堀留川に沿って南に足を向けた頃には、すでに日は暮れていた。

　河岸通りに面した店では軒提灯《のきぢょうちん》や店先の箱提灯に灯がともり、足早に往く人の足下を照らしていた。

　照降町は堀留を南に下った親父《おやじ》橋の西側にある町である。

　河岸地に積んだ荷物に目を配りながら堀江町三丁目の河岸にやって来た時だった。

　薄闇の中で、どすどすという不気味な足音が聞こえ、

「孫六《まごろく》！」

　悲痛な叫びが飛んだと思ったら、ぎゃっという悲鳴が上がった。

　堀端の空き地で何かが起こっているのは間違いなかった。

「秀太」

　平七郎は秀太と空き地に走った。

　すると、薄闇の中で二人の男が対峙《たいじ》していた。一人は町人で手にきらりと光る棒のような物を持っている。一方の男は白い着物に墨染めを着ているところを見ると坊主のようだが、網代《あじろ》笠を被《かぶ》っている。そしてその男は手に小太刀を握っているではないか。

手前には蹲《うずくま》って呻《うめ》いている別の男がいる。

「何をしている！」

平七郎と秀太が走り込むと、

「邪魔をするな」

網代笠の男がいきなり小太刀を半身に構えて平七郎に向かって突っこんできた。

「止めろ」

平七郎はすばやく躱《かわ》すと、小太刀を振り下ろした男の手の甲を懐《ふところ》から取り出した木槌で打った。

「うっ」

男は刀を落とし、もう一方の手で打ち据えられた手の甲を押さえた。

青白い顔をした目の大きな男だった。

その時になって網代笠の男と対峙している町人の手にある光った棒は、十手だと気付いた平七郎は、その者の顔を見直して驚いた。その者はあの伊勢蔵だったのだ。

「なぜ岡っ引を狙う……それにしても得物に違いがありすぎるんじゃないか？　かわりに俺が相手になろう」

平七郎は、傍らで険しい目をして身構えている伊勢蔵の姿をちらと見てから男に言った。

「来い！」

「ちっ」

網代笠の男は、睨《にら》みつけた平七郎の目を怯《おび》えた目で見返したが、次の瞬間すばやく小太刀を拾って薄闇の中に身を翻した。

「大事はないか……」

平七郎は蹲っている男に近づいて言った。男は肩口を斬られていた。体の小さな初老の男だった。

「申しわけありやせん。お陰で助かりやした」

返事をしたのは伊勢蔵だった。伊勢蔵は手にある十手を腰につけると素早く初老の男の傷を確かめ、顔を上げて平七郎に言った。

「あっしは伊勢蔵と申しやすが、立花様でございやすね」

伊勢蔵は平七郎の名を呼んだ。知っていたのだ。

「うむ、とにかく怪我人を運ぼう」

平七郎は蹲っている男をちらと見て言った。伊勢蔵がなぜ自分を知っていたのかという疑問はあったが、怪我人を運ぶのが先だと思ったのだ。

伊勢蔵は「へい」と頷くと怪我人を軽々と背負って先に立ち、平七郎と秀太がその後に続いた。

伊勢蔵の長屋はそこから一町あまりのところにあった。長屋には灯のあかりが見えた。伊勢蔵が戸を開けると、

「まあ、いったいどうしたのですか」

女が驚いた顔で出迎えた。年の頃は二十二、三歳、頬に憂《うれ》いのある女だった。

「すまねえが、玄哲《げんてつ》先生を呼んできてくれねえか」

伊勢蔵は女に言い、女が外に飛び出すと、急いで焼酎を取り出してきて、初老の男の着物を剝ぎ、傷口に焼酎を吹きかけた。

「今先生が来てくれる、それまでの辛抱だぜ、とっつあん」

伊勢蔵は、痛みで顔をしかめている男に優しい声をかけた。

「親分、足手まといになっちまって、すまねえ」

消え入るような声で男が声を震わせると、

「何言ってるんだ、とっつあんがやられてなかったら俺が刺されていた。すまねえ、とっつぁん」

まるで実の父親に接するように頭を下げると、改めて平七郎と秀太に向き、この人

は孫六という下っ引だと言った。

「あっしが願って伊勢蔵親分に使ってもらっているんでごぜえます」

孫六が横合いから息を切らして言った。

「とっつあん、しゃべるんじゃやねえ」

伊勢蔵は厳しく制すると、

「しかし橋廻りの旦那がなぜあっしのところに……」

訝《いぶか》しい目を向けてきたが、すぐに思い直したような不敵な笑みを見せると、

「そうだった、旦那方はあっしを疑っていらっしゃるんでございやすね」

きらと挑むような目を向け、

「あっしの立ちまわり先をいろいろ調べているようじゃやござんせんか」

冷たい目を向けてきた。

「さすがは伊勢蔵だな、もう俺たちの動きを調べたとはな……そうだ、その通りだ。少し聞きたい事があってな」

「何でしょうか、何か旦那方に疑われるようなことを致しましたか」

「心当たりはないと……」

秀太が聞いた。

「ありませんな」

「だったら、なぜ襲われた？　お前の行いに何か問題があるからではないのか」

「お言葉でございやすが、あっしは岡っ引でございやす。旦那方ならわかると存じますが、こんな仕事をしていれば、恨みを買うのはちっとも不思議じゃありませんや」

「だから何の恨みだと聞いている」

「わかりやせんよ、わかっていれば、ここにじっとしているものですか」

伊勢蔵はあくまでも白《しら》を切る。

「伊勢蔵」

平七郎は、部屋の隅に置かれた素麵《そうめん》箱の上にある位牌《いはい》をちらと見て言った。

「ひとつ聞きたい。越後屋にはなぜ行った……お前のシマではない筈だが……」

「旦那……」

伊勢蔵は一瞬言葉に詰まったようだが、

「実はちょいと人に頼まれたことがございやしてね、てえした事ではございやせんよ」

したたかな目をちらと送って来た。

三

「おや、ひょっとして兄さんは、昨日立ち寄ってくれたんじゃなかったかしら」

『おくら』という飲み屋の女将《おかみ》は、辰吉の姿を訝《いぶか》しい目で見て言った。

女将の名は店の名と同じおくらといった。三十そこそこの浅黒い女であった。

店は深川の仙臺堀《せんだいぼり》に面した今川町《いまがわちょう》にあって、客足は良いのだが、女将に色気があって客を寄せているという訳ではない。

美味《うま》い酒と、女将の気さくな性格がいいのだという、極めて庶民的な店なのだが、ここにあの伊勢蔵が出入りしていることを突き止めた辰吉は、早速平七郎を案内してやって来たのであった。

昨日のこと、辰吉は伊勢蔵を尾行してやって来て、伊勢蔵が引き上げたのを見届けてこの店の中に入っている。

ほんのいっとき、突き出しを前にして酒を傾けたが、その時客あしらいをしていた女から、伊勢蔵が時々やって来ることを聞き出していた。

女将はどうやら、その様子を見ていたらしい。

「女将の出してくれる肴《さかな》がうまかったからな、知り合いの旦那を連れて来たんだ」

辰吉は言った。

だが女将は、その言葉を一刀のもとに切り捨てるように言った。

「怪しいもんだね、昨日いろいろ聞いて帰ったというじゃないか、伊勢蔵さんの事をさ」

「女将……」

ふいに頭をこづかれでもしたように辰吉が狼狽して見返すと、

「何を調べているのか知りませんが、ここそするのは止めてくれませんか。あたしはそういうの、大っ嫌いなんですよ。しかも、自分の名前も名乗らないでさ」

「女将、すまんな。確かに女将の言う通りだ。俺は北町の立花という者だ。わけあって伊勢蔵の事が知りたくてな」

やりこめられて返事に窮した辰吉にかわって平七郎が言った。

「なるほどね、そんな事だろうと思ってましたよ、何しろあの人は悪相の持ち主ですからね、それにマエもマエだし、誤解されちまうんですよ……で、何、あたしがあの人に脅されて金をとられてるんじゃないかって、そういうこと?」

「違うのか」

「冗談じゃないよ、どこに目をつけてんだい」

「女将、旦那は女将のこと心配して言ってるんじゃないか、スズメバチなんて恐ろしい名を持つ男が出入りしてちゃあ、店の評判も落ちるんじゃないかってな」

辰吉が口をとんがらせて言った。

「おおきなお世話だ。何にも知らない癖《くせ》に、世間の評判に乗っかって世迷《よま》い言を言うんじゃないよ」

「世迷い言じゃねえぜ、実際脅しを受けている店はあるんだぜ」

「どこの、なんという店だい」

「本町の薬種問屋板倉屋、それからこれはつい先日わかったんだが、日本橋の紙問屋『淡路屋《あわじや》』、それに蠟燭問屋の小松屋、あげたらきりがないんじゃないか？」

淡路屋に伊勢蔵が格別の用事もないのに立ち寄っているというのは、実のところ秀太が執念で昨日突き止めた話で、詳しいことは今秀太が調べているところだった。

「ふん……」

女将はあっちを向いたが、動揺が見てとれた。

「もっとも、証拠を握っている訳じゃあねえが……」

辰吉が正直に言い直すと、

「それごらんよ」

女将はほっとしたように、先ほどまでの啖呵《たんか》を切る顔に戻って睨みつけると、

「だいたい、あのスズメバチっていう名はですよ、やくざ仲間がつけたんですよ。卑怯な真似をすれば、伊勢蔵さんに容赦なく痛い目に遭わされるもんだからさ。ハチのひと刺しなんて言ってってね」

「女将、ずいぶん伊勢蔵を庇っているが、伊勢蔵とはどういう間柄なのだ」

じっと二人のやりとりを聞いていた平七郎が言った。

「どんなもこんなも、同じ長屋で育った仲さ、わかったかい……わかったら、さあ、もうお帰り下さいな」

けんもほろろのおくらである。おくらは背を向けた。さっさと奥に引っ込もうと思ったようだ。だが、

「女将、もう少し話を聞かせてくれぬか」

平七郎が声をかけた。

「女将が幼馴染《おさななじ》みを庇う気持ちはわからない訳ではないが、この辰吉が言った通りに黒い噂があるのは確かだ。とある商家の娘も伊勢蔵の強面に恐れをなして、怯えている。俺たちも放ってはおけぬのだ。いや、女将の言う通り、伊勢蔵にかかる黒い噂

が濡れ衣だとすれば、その噂の真相を明らかにすることは、伊勢蔵のためでもある。そうは思わぬか」

平七郎は、北町の同輩小宮山から聞いた話もおくらにしてやった。

小宮山からは、裏渡世から拾い上げた者だということ以外に詳しいことは聞いてはいないが、伊勢蔵には何か人に言えない過去があるんじゃないかと思っている、俺たちは決して伊勢蔵の敵ではないのだと言い聞かせた。

「旦那、信じていいんですかね、今言った旦那の言葉……」

「むろんだ」

「わかりました。伊勢蔵さんへの疑いが晴れるんだったら話しますよ、あたしの知ってること」

おくらは、平七郎をじっと見たのち、神妙な顔つきで椅子に座った。

「旦那……」

おくらは、小女《こおんな》に運ばせた茶を一口飲み下すと、平七郎をそして辰吉をちらと見て言った。

「私たちが住んでいた所は、何年も前に取り壊されちまいましてね、今じゃあ空き地になって草ぼうぼうの有様ですけど、ええ、冬木町《ふゆきちょう》の裏店で育ちましたんですよ……」

おくらは懐かしそうな目をして言った。先ほどまでの険しさが表情から消え、どことなく寂しげにさえ見えた。

おくらの頭の中にはいちどきに、昔の光景が蘇《よみがえ》っているらしく、静かに、噛みしめるような、口調で語り出した。

それによれば、住んでいた長屋は築年数が経って老朽がひどく、冬などすきま風にさらされて酷《ひど》く寒かったが、どれほど暮らし向きが悪くても、子供のおくらたちにとってみればそこが生まれた地であり、かけがえのない住まいだった。

おくらの家は父が出稼ぎで糊口《ここう》をしのいでいた。伊勢蔵の家は父が腕の良い指物師《さしものし》だった。

おくらの家に比べれば実入りも少しは良い筈だったが、伊勢蔵が十歳の時に、父親が喧嘩《けんか》のあげく相手に大怪我を負わせたと、役人にお縄をかけて連れていかれたのである。

まもなくだった。父親は島流しになったと子供のおくらたちも知るようになった頃、残された家族は長屋を払って伊勢蔵の母親の田舎に引っ越して行ったのである。

「伊勢蔵さんはあたしより二つ年下だったんですが、イセ坊イセ坊って呼ばれてましたけど、とんだ泣き虫弱虫でね、どれほどあたしが庇ってやったか知れないんですよ。あたしも、本当の弟のように思ってましたから……イセ坊一家が長屋を離れていく様子は、今だって忘れやしませんよ」

おくらは言い、深いため息をついた。

おくらがその時見た情景というのは、僅かな家財道具を金貸しの手下たちが強引に剝ぎとるように持ち出すのを、着の身着のままの母親と伊勢蔵と妹のおさよが、なすすべもなく戸口で見ている姿だった。

嵐が去ると家の中は空っぽになっていた。

底の抜けた鍋一つを手に三人は長屋を出て行ったが、伊勢蔵は俯《うつむ》いて歯を食いしばり、涙をぽろぽろ零《こぼ》しながら、見送るおくらにさよならも言わずに去って行ったのである。

伊勢蔵はこの時十一歳、おくらは十三歳、くら姉ちゃん、イセ坊と姉弟のように呼び合っていた二人の仲は、ここでぷっつりと切れたのであった。

「ところが不思議なもんだね、縁というのは……」

おくらは、いたずらっぽい笑みを頰に作ると言った。

「それを最後に十数年は、お互い生きているのか死んでいるのかさえわからなかったんだけど……だってこっちも長屋はなくなっていましたしね。昔長屋にいた人たちとも離ればなれになってましたから、今の住まいにようやく落ち着いたものの明日のおまんまを稼ぐのが精いっぱいの毎日でさ、イセ坊のことを思い出す暇《ひま》もなかったってわけさね」

「………………」

「それがね、ひょっこりこの店に伊勢蔵さんがやって来たんですからもうびっくり……。ええ、一年前でしたよ」

「小宮山さんから十手を預かった頃だな」

「はい。昔の住まいが影も形もなくなっているのを見て、どうやらあたしを捜していたらしいんですよ。この店に入って来たときには、あの昔の、俯いて歯を食いしばり泣きながら去って行った伊勢蔵さんだなんてわからなかった。泣き虫イセ坊の面影は微塵《みじん》もありませんでした」

おくらは、ふうっと切なそうなため息をつき、

「苦労したんだなと思いました。その時ですよ、父親は御赦免《ごしやめん》になって帰ってきたのはきたんだが、無惨な死を遂げちまった、馬鹿な俺はそれをきっかけにして悪い道に

走ったんだって話したのは」

「無惨な死って、どういう事ですか」

辰吉が、鳶《とび》が餌でも見つけたような目をして聞いた。

「詳しい話はしなかったし、あたしも聞いてはいけないような気がして聞かなかったんだけど、なんでも島から帰ってきてから岡っ引をやってたんだそうだよ」

「岡っ引……誰に手札を貰ってたんだね」

ひょっとして父親も小宮山の手下だったのかと平七郎は思ったが、おくらが知っているのはそこまでだと言う。

ただ、今は母親も亡くなって妹一人が伯母《おば》の家で厄介《やっかい》になっている。その妹をいつかきっと引き取って一緒に暮らすという強い気持ちを持っているらしいのだとおくらは言い、

「あの、泣き虫イセ坊が父親と同じ岡っ引になって、世のため人のために働こうっていうんですから、あたしとしても応援したくもなりますのさ」

おくらはまるで弟の新しい門出を自慢しているがごとく、嬉しそうに笑った。

平七郎は小さく頷いてから、

「女将、よく話してくれたな、礼を言うぞ」

辰吉に目配せして立ち上がるが、ふっと気づいた顔で聞いてみた。

「すると女将、伊勢蔵の長屋で女に会ったが、あれは妹ではないんだな」

「ああ、あのひと……あの人は二世《にせ》を約束してる人なんですよ。おちかさんていうんですが、実入りの少ない岡っ引の家の台所を、料理屋に住み込んで仲居をして助けてくれてるんです。わかったでしょ、家の台所はそんなところなんですから、どこかのお店を脅してお金を巻き上げてるなんて、とんでもない話です」

四

翌日のこと、平七郎は源治の舟に乗り、おくらから聞いた伊勢蔵の妹おさよが暮らしているという根岸《ねぎし》の金杉新田《かなすぎしんでん》に向かった。

伊勢蔵の伯母の名はおますというらしかった。

石神井《しゃくじい》用水に架かるくいな橋で下り、村人にその家を尋ねてみると、この道の先に梅の木を何本も庭に植えている家がある、そこがおますの家だと教えてくれた。

その家はすぐにわかった。

幾本もの梅の木が青葉を茂らせて、明るい日差しを照り返し、遠くで聞き慣れた野鳥の声がしている。いかにものんびりとした風情の中に藁葺《わらぶ》きの家が見えた。

庭に入ると、左手の畑で娘が鍬《くわ》を使っていた。白い脚をむき出しにして、襷《たすき》をかけ、時折こぼれ落ちる乱れ毛をかきあげる。

土を起こし、草をとっているのだが、いかにも心許なく映った。

「伊勢蔵の妹御、おさよだな」

平七郎が近づいて尋ねると、娘は驚いた顔を向けた。そうとも違うとも言わずに、大きく目を見開いて平七郎を見返している。

「俺は北町の同心だが……」

皆まで言わぬうちに、娘は怯えたような顔をして家の中に駈《か》け込んでしまった。

「待ってくれ、おさよだな、なぜ逃げる」

平七郎は追っかけて戸口に立ったが、その背に女の声が飛んできた。

「あの子は口が利《き》けねえんですよ」

振り返ると、背中に竹籠《たけかご》を背負い、鎌《かま》を手にした五十ぐらいの女が後ろに立っていた。

「おさよに何か用かね」

女は訝しい目で訊いてきた。

伊勢蔵とおさよの伯母おますかと尋ねるとそうだと言った。

平七郎は伊勢蔵の父親の話を聞きに来たのだとおますに告げると、おますはちらとおさよが飛び込んだ軒下を見て、

「なぜそんな話を聞きたいのかね。あの娘《こ》はね、旦那の、その姿を見ただけで気がおかしくなっちまうだよ」

切り返すように言った。険しい表情になっている。

「なぜだ……父親は岡っ引だったというではないか、いままた兄の伊勢蔵も岡っ引だ」

「事情があるだよ、町方の、同心の旦那のその羽織姿が怖《こわ》いんだ。そもそもあの子の口が利けなくなったのも……」

言いかけておますは口を噤《つぐ》んだ。

「利けなくなったのも何だ？」

「話したくねえ、帰ってくれ」

——やはり、伊勢蔵の父親の死には何かがあったのだ。

平七郎は、ここまで足を運んで来た訳をおますに話した。

おますは渋々聞いていたが、話が進むにつれ硬い表情が柔らかくなり、

「そうですか……そういう事だったんですか」

話し終わると大きく頷き、

「わかりやした。伊勢蔵の父親はおらの弟だで、私がおさよに代わってお話しします」

おますは、庭の梅の木の葉がしげる下に転がしてあった空き樽《だる》をひょいと起こすと、ぷーっと息を吹きかけながら、野良で土をつけて汚れた手で樽に積もっていた埃《ほこり》を払い、そこに座るように平七郎に勧めた。

自分は薪割りの台のような切り株に腰を据えた。

「伊助《いすけ》は……ああ、伊助というのが、伊勢蔵の父親の名前なんですがね」

おますは言い、平七郎を見た。その頬に、風に揺れた梅の葉を透かして来る光と影が、心許なげに揺れていた。

「伊助は腕のいい指物師でした。それが些細《ささい》な事で喧嘩して島に流されちまいました。私たちはもう伊助のことは諦めていたんですが、五年をすぎたある日のこと、御赦免になってひょっこり帰って来たんです。その時伊助は言ったもんだ……一から出直すつもりだって……」

「…………」

「でも、一度島に流されたような男を使ってくれる親方なんて、なかなかね、いやしませんから。話が決まりそうになって喜んでいても、いつの間にかその話は帳消しになってる、そんな具合で投げやりな気分になっちまってね……そんな時でしたよ、岡っ引になるって言い出したのは……何とち狂ってんだろって聞き返したら、なあに、岡っ引はしばらくの事だって、そう言いましてね」

「待て、すると何か、伊助は初めから、ずっと岡っ引をするつもりはなかったのか」

「私が聞いた話では、岡っ引は嫌々のことだったって」

「何……」

「だけども恩ある旦那に言われては断れないんだって……その旦那の所にいりゃあ昔の罪をとりたてて言う者もいねえ、しばらく手伝うだけだって言ってましたね……」

ところがある時から、岡っ引を辞めたくても辞めさせてくれねえなどと言い出して、そのうちに大きな捕り物がある、それに協力すれば岡っ引を辞め指物師に戻れると伊助は家を出て行ったという。

だが数日後に、伊助は戸板に乗せられ遺体となって帰って来た。伊助の首筋には無惨な斬り傷がパックリと口を開けていた。

伊助の遺体に縋《すが》って泣き叫ぶおさよとおますに、遺体を戸板の上に乗せ小者に運ばせてきた同心は、

「伊助は、こともあろうに盗人を逃がそうとしたのだ。それでやむなく成敗となった。怨む筋合いではないぞ、いいか、騒ぎ立てるとお咎めをこうむるぞ」

そう告げて帰っていったのである。

「ったく、情けないやら悔しいやら……」

おますは袖で涙を拭うと、

「旦那、そんな乱暴な話納得できますか……それで、追っかけていって言ってやったんだ。伊助はそんなことするわけねえって」

「……………」

「するとこう言ったんだ……こちらの旦那は、せっかく島帰りの伊助に目をかけてやったんだ。それなのに旦那を裏切るようなことをして、死体が帰ってきただけでもありがてえと思えって」

「おます、伊勢蔵はその時その場にいなかったのか」

「その頃には家を空けて博奕場を根城に渡り歩いておりましてね」

「そうか、後で知ったのか」

「へい。あの子がここに帰って来た時には、母親も亡くなっておりましたし、おさよも父親の変わり果てた姿を見て以来、口が利けなくなっちまいましたからね」

「ふむ……おます、伊助が手札を貰っていた同心の名はわかるか？」

「忘れるもんですか、南の楠田宗之進《くすだそうのしん》という役人だ」

「楠田宗之進となァ……」

平七郎は念を押す。

だがおますは、そこで口を噤《つぐ》んだ。言ってはならぬことを口走ったとでもいうように首をすくめた。

――しかしなぜ、伊勢蔵は岡っ引になった。それも自分から……。

漫然と父親の跡を継いだとはどうしても思えない。

平七郎は、刺すように相手に向けられる伊勢蔵の鋭い視線を思い出していた。

――あの眼の奥にどんな闇があるのか……。

平七郎は嫌な予感を抱えて、源治の漕ぐ舟に乗った。


果たして、平七郎が永代橋の袂にある、おふくの店に戻ってみると、平塚秀太がおふくの部屋で待っていた。

「どうした、何かあったのか」

平七郎が入って行くと、秀太は興奮した顔を向けて言った。

「板倉屋が首を吊って死にましたよ」

「何……板倉屋といえば、薬種問屋の」

「そうです。越後屋のおかよさんの友達の父親です。八つ頃（午後二時）でしょうか、私が一文字屋を覗いた時です、辰吉が帰って来てわかったのですが……」

秀太は言い、すぐにおこうと辰吉とともに板倉屋に走ったのだと告げた。

するとすでに人だかりが店の前に出来ていて、小者が野次馬たちを追っ払っていた。

秀太が中に入ろうとすると、

「おっと待ちな」

横柄《おうへい》な声がしたと思ったら、亀井市之進と工藤豊次郎が秀太の前に立ちふさがった。

「退いてくれないか、板倉屋は知り合いだ」

秀太は嘘をついた。だが二人は、

「それはどうだか……ここは俺たちに任せるんだな、橋廻りじゃないか」

「顔だけ見せてくれ、家族にも聞きたいことがある」

「断る」

「何……」

秀太は気色《けしき》ばんだ。偉そうなことを口走る割には、いつも平さんの手を借りてるじゃないかという気持ちがどこかにある。北町奉行所でも目の前にいる二人は、特に鼻持ちならない者たちだった。

だが、そんな秀太の憤りなど何処《どこ》吹く風で、二人は見合ってにやりと笑うと、突然険しい目を向け、

「なんだかんだと言ってはだな、殺しだ何だと大騒ぎを始めるから困るんだよな。いいか、橋廻りは橋の点検が仕事だ、橋を叩いてりゃあいいんだ」

「亀井さん、工藤さん」

「さあ、帰った帰った。おい、こちらの旦那に帰ってもらいな」

秀太はけんもほろろに追い返されたのだった。

だが、

「平塚様……」

店を出たところで、泣きはらした顔の越後屋のおかよに会ったのだ。

「平さん、おかよさんの話だと、今日の昼頃、板倉屋は蔵の中で首を吊っているのが

発見されたらしいのです。自死は間違いないようですが、ただ」

秀太は暗い顔をした。

「伊勢蔵が絡んでいるのか」

「おかよさんの話では、伊勢蔵がたびたび板倉屋にも顔を出していたようですから……」

「…………」

「まさか伊勢蔵に脅されて板倉屋が自死した訳ではないでしょうが」

「遺書は……」

「いまのところはわかりません、あったのかなかったのか……」

「ふむ……」

平七郎は、ほんのいっとき思案していたが、

「ひとつ調べてくれ、板倉屋が過去になんらかの事件に関わっていなかったかどうか、また、出来れば板倉屋の者から何か聞き出せないものか」

「わかりました、やってみます。ただ、紙問屋の淡路屋にも当たってきましたが、なかなか尻尾を出しません。手代をつかまえて伊勢蔵に脅されているんじゃないかと聞いてみたんですが、何も知らないの一点張り、業《ごう》を煮やして主を待ち伏せして聞いて

みたが、伊勢蔵なんて岡っ引は知りませんなどと真顔で言うんです」

「嫌な予感がするな」

「私もそう思います」

「ならばなおさら、頼むぞ」

「それはいいのですが」

「何だ」

「明日は大村様に報告に出向く日です。平さん一人でお願いできますか」

「俺が……報告書はお前が記してくれてるじゃないか」

「これです。こたびは格別のことはございませんでしたから」

秀太は、懐から帳面を取り出して平七郎に手渡すと、

「ただ、また定町廻りのあの二人から、板倉屋の一件で苦情がきているかもしれません」

「あっ、それでお前、うまく逃げようってことか」

「よろしく、それでは私はこれで」

秀太はわざと忙《せわ》しげに立ち上がると後ろも振り向かずに出て行った。

「秀太のやつ……」

平七郎は報告書を懐に入れると、ゆっくりと立ち上がった。

五

「おや……」

平七郎は、前方に伊勢蔵の姿を見た。上役の大村虎之助に橋の点検日誌を渡して出て来たところだったが、伊勢蔵は定町廻りの同心小林《こばやし》喜一郎《きいちろう》の手下で政五郎《まさごろう》という十手持ちに熱心に何か聞いていた。

だが、平七郎の姿を認めると、すぐに政五郎から離れて門の外に出て行った。

「伊勢蔵は何を聞いていたのだ」

平七郎が尋ねると、政五郎はきょとんとした顔で、

「板倉屋は本当に自死したのかと、どういう状態で発見されたのかと、そんな事でした」

「ほう……板倉屋は首をくくっていたそうだな」

「そのようですが、うちの旦那はかかわっちゃあおりやせん。ですからあっしもよく知らねえんで……」

だから伊勢蔵にも、そう言ったところだと政五郎は言った。

平七郎は伊勢蔵の後を追った。

北町奉行所を出た伊勢蔵は、数寄屋橋へ向かうと南町奉行所の前で立ち止まった。

物陰に身を隠してじっと人の出入りを睨んでいる。

半刻ほどしたところだった。伊勢蔵の体が緊張して背筋を伸ばしたのがわかった。

一人の同心が出てきたのだ。

同心は一人で東に向かった。

伊勢蔵が後を尾ける。さらにその後を平七郎が尾けていく。

同心は三十間堀《さんじゆっけんぼり》に架かる新《あたら》し橋を渡ると采女《うねめ》ヶ原《はら》を右手に見て、とある武家屋敷に入って行った。

伊勢蔵はそこまで見届けると、懐から何か薬袋のような物を出して門番に手渡した。二言三言、顎を門内にしゃくって話しているところをみると、今入った同心のことを告げているようだった。

門番が頷いて、渡された袋を懐に入れると、伊勢蔵は踵《きびす》を返した。

手前の采女ヶ原の木の陰からこれを見ていた平七郎には、いったん足を止めて屋敷を振り返った伊勢蔵の冷たい笑みが、はっきりと見えた。

その時だった。

「平七郎殿」

後ろで声がした。振り返ると八田力蔵が立っていた。

「どうしてここに？」

「先ほどその屋敷に入った男を尾けてきたんですよ」

「八田殿が？」

「楠田宗之進の真の姿を暴くためです」

「あの男が、楠田宗之進か……」

平七郎は驚いた。楠田宗之進とは、伊勢蔵の父親伊助が手札を貰っていた同心である。伊勢蔵の伯母のおますから、楠田の名は先日聞いて胸に刻んでいたところだった。

「楠田が犯科に手を染めているという訴えがあったのです。立花さんはなぜ伊勢蔵を尾けてきたのですか」

「いろいろと黒い噂がありまして……」

平七郎は、伊勢蔵にまつわる話を八田にした。

「そうか、そういうことなら伊勢蔵は親父の死の真相を探っているのかもしれぬな。

純粋に親父さんの跡を継いで岡っ引になるという話なら、親父さんが手札を貰っていた、あの楠田の手下になる筈だ」

八田は言った。

「俺もそう思っています。八田殿はご存知ですか、伊勢蔵の父親が斬り殺された事件の詳細を……」

「聞いています。南の知己《ちき》を頼っての話ですが、その男も、あの折の楠田の処置には疑問を持っていた……」

八田が南町奉行所の友人から聞いたという話はこうだった。

大伝馬町に『和泉屋《いずみや》』という油問屋があるが、主が居間に置いた二十両入りの手文庫が、ほんのちょっと眼を離した隙に消えた。

和泉屋は当日、庭木の植え替えで植木職人を入れていた。下谷の植木職人治兵衛《じへえ》親方が三人の弟子を連れ作業をしていた。

ところが、この三人のうちの平三《へいぞう》という男が作業の途中で姿を消しているのがわかった。

誰の仕業か一目瞭然だった。

前後の見境もなく、仕事に入ったその先で盗みを働くとは、あまりにも稚拙《ちせつ》な犯行だ。誰の仕業かすぐに判明するような犯罪を白昼堂々と行うとは、余程の馬鹿か、あるいは何かせっぱ詰まった事情を抱えている者か二つに一つである。

どうみても、押し込みや殺しなどという凶悪な事件に比べれば、咄嗟に起こした出来心、微罪《びざい》といっていいだろう。

和泉屋は思案の末、親方の治兵衛と懇意《こんい》ということもあって、事の解決を治兵衛に一任した。

それというのも平三は、長患《わずら》いの母親を抱えて必死に仕事を覚えようとしていた者だと、治兵衛が和泉屋に紹介していたという経緯があった。

和泉屋も苦労して一代で油問屋にまでのし上がって来た人であった。怠《なま》け者には厳しいが、懸命に努力する者には、つい手を差し伸べてしまう人間だ。

平三が罪を悔い、戻ってきて詫びを入れてくれたなら、盗みの件は不問に付すと治兵衛と約束したのであった。

ところが、出向いてきた南町の同心楠田宗之進にその旨を伝えると、内済にするなどとんでもない、奉行所の威信にかけても捕まえると、当事者たちの思いなど意に介することもなく探索に入った。

すぐに平三が島帰りの身とわかった。それもかねてから手配中の盗賊むささび一味の一人だったと判明し、楠田は伊助に平三の探索を命じた。

「お前と一緒に島から帰って来た奴だ。お前ならどこに隠れているか見当がつく筈だ。なあに、お前の働きでこの事件が解決したなら、もうお前を引き留めたりしない。お前は指物師に戻ればいいんだ」

伊助の歓心を買う言葉を並べて、かつての仲間を売ることを強要したのだった。

三日後に伊助は平三の隠れ家を突き止めた。本所《ほんじょ》の外れの農家の廃屋《はいおく》の中だった。

その報せを受けて、楠田は捕り方を引き連れて本所に向かった。

伊助が楠田に斬り殺されたのは、この捕り方の現場だった。

楠田が提出した報告書によれば、楠田が現場に到着した時、突然伊助が平三を逃がそうとして、小屋にあった鎌を持ち出して歯向かったために、楠田はやむなく伊助を斬り殺した。すると平三も狂気のごとく伊助の名を叫び、伊助が握っていた鎌を取りあげて突進して来た。捕り方たちとの攻防の末、逃げられぬと悟った平三も自身の鎌で首を切り、果てた。盗んだ二十両は平三の懐にそのままあったと記してあるらしい。

「平七郎殿、悲劇はそれで終わったのではなかったのだ。平三の母親も数日後に食を断って死んだのだ」

八田は、苦々しい顔を向けた。

「平三が盗賊むささびの一味だったというのは証拠でもあるのですか？」

「いや確たるものはない。単なる楠田の推測だったようだ」

「となると、ささいな盗みにしては結末が甚大過ぎる。楠田にお咎《とが》めはなかったのですか」

「そのようだ」

「……………」

「不審に思われるだろう……だが、南の誰一人、お奉行とて何も楠田には言えないらしいのだ」

「誰か後ろ盾がいる……そういう事ですか」

「さよう」

八田は、眼の先の門前に視線を流した。楠田が消えた門前だった。

「……………」

「中野大和守《なかのやまとのかみ》。五百石の旗本で、西の丸の奥を差配する御年寄波路《なみじ》様の養父殿だ」

「なんと……」

平七郎が、もう一度眼の先の門前に視線を走らせると、

「その養父殿の妾《めかけ》が楠田の縁に繋がる者と聞いている」

「なるほど、よく出来た話だ。それで楠田は虎の威《い》を借りて、奉行所でやりたいようにやっているという訳か」

平七郎は苦々しい思いに襲われた。

「………」

八田は黙って見詰め返した。

「だからといって、内済で片がつく軽い罪を大事件にわざわざ仕立てあげ、あげくに手下を成敗するという横暴が見過ごされていいはずがない。それを、南のお奉行も同僚も、ただ座して見ているとはな……」

そんな事が許されるのかと、平七郎の胸に怒りの風が俄《にわか》に起きる。同時に、別れ際に言ったおますの言葉が蘇った。

それは、伊勢蔵が岡っ引になるのだと、おますとおさよに告げに来た時の話だった。

おますが、岡っ引なんて稼業に足をつっこんだら、お前もおとっつあんと同じように畳の上では死ねないよ、おさよのためにも考えを改めておくれと引き留めると、伊勢蔵は怒りをむき出しにして、

「おばさん、おさよ……俺は親父とは違う。絶対に親父の二の舞にはならねえ。いいか、俺が岡っ引になるのは俺のためじゃねえんだ。おとっつあんのためだ。おとっつあんの無念がそうさせるんだ!」

そう言ったというのであった。

――おますは甥《おい》っ子の伊勢蔵が何を考えているのかわからない、哀しくなると言っていたが……。

少しずつ伊勢蔵が何を考えているのか、平七郎はその輪郭《りんかく》が見えて来たような気がした。

平七郎は視線を中野大和守の門前に移すと、ゆっくりと土手の草むらから大路に下りた。

「平七郎殿」

八田も下りてきた。そして平七郎の耳元に囁《ささや》いた。

「伊助が楠田から手札を貰っていた同じ頃に、楠田の手下をしていた者がいる。文蔵《ぶんぞう》という男だが、今は増上寺《ぞうじょう》の山内で焼き餅だったか売っていると聞いているぞ。その者に聞けば、もう少し当時の事件を詳しく知る事が出来るやもしれぬぞ」.

「美味《うま》そうじゃないか、二つくれ、いまここで食する。いくらだ?」

秀太は頃合いに焼けた餅を指し、巾着《きんちゃく》を出して親父の掌《てのひら》に銭を落とした。

「へい、ありがとうございやす」

親父は愛想のいい顔で頭を下げた。

この目の前の親父が、伊助と一緒に楠田宗之進の手下として十手を振りまわしていた岡っ引の文蔵かと思うと、見るからにごま塩頭の好々爺《こうこうや》ぶりが信じられない。

「平さん、もひとつどうですか」

秀太は腹が減っていたのか、あっという間に平らげて言った。

「俺はいい」

平七郎は、ちらりと参詣者の行き来を眺めて、

「ところで親父さんは昔十手持ちだった文蔵だな」

屋台に取りつけた大きな七輪に、団扇《うちわ》で風を送っている文蔵の血色の良い頬に聞いた。

文蔵はびっくりした顔を上げると、

「さいですが、何か……」

怪訝な表情で平七郎を見た。

「岡っ引伊助の成敗に関わる話を聞きたいのだ」

「…………」

文蔵は驚いた眼をして平七郎を見詰め返したが、すぐに視線を伏せると慌ただしく団扇を使った。

「お前に迷惑はけっしてかけぬ」

平七郎は言った。

「なぜそんな昔の話を知りたいんですか、旦那」

ちらりと疑い深い視線を流してきた。しかしその手は相変わらず平静を装って七輪を扇いでいる。

「伊助の息子の伊勢蔵が岡っ引になっているのを知っておるな」

「…………」

「知っているらしいな」

平七郎の言葉に、文蔵の表情が動いた。戸惑っているように見えた。

「伊勢蔵のためにも、いや、なにより、伊助のためにも真実を明らかにせねばと思ってな、それには文蔵、お前が当時見たことを、そのまま話してほしいのだ」

「旦那、信じてよろしいんでございやすね。伊助のためにと言ったその言葉を……」

文蔵は手を止めて見詰めて来た。

「むろんだ」

平七郎が頷くと、

「どうぞこちらに」

文蔵は平七郎と秀太に樽の椅子を勧めた。そうして焼き餅を網からあげると、自分も同じように樽に腰を据えた。

「あれは、昨日の事のように覚えていますよ、へい。あっしもあれで楠田様から離れる決心をしたような次第でして……」

文蔵は苦々しい顔をして言った。

それはちょうど今から五年前のこと、春とはいってもまだ朝晩は肌寒い頃だった。

夕闇が迫る頃、文蔵は楠田宗之進から伊助が追い詰めた平三捕縛のためにこれから隠れ家に向かうと告げられた。

文蔵は意外だった。なにしろそれまで伊助から聞いていた話では、隠れ家への踏み込みは見合わせ、自分に任せてほしいという伊助の懇願を、楠田も聞き入れ、承知していた筈だったからだ。

文蔵はそのことを楠田に尋ねたが、楠田に恐ろしい顔で一喝されて口を噤《つぐ》んだのである。

果たして、かねてより伊助から報せのあった本所の廃屋に到着すると、伊助が廃屋から血相を変えて飛び出して来たのである。

「お前たちはここで待て」

楠田は文蔵と捕り方を残し、黄昏《たそが》れていく荒れ野に建つ廃屋に一人で近づいて行った。

楠田が向かう伊助の側には白梅が一本枝を広げて立っていて、薄墨色の春の野に弱々しく映えていた。

楠田と伊助は、その梅の木の前で対峙《たいじ》して言い合っていたが、

「許せねえ、約束が違うぜ！」

突然伊助が叫んで廃屋の中に走り込んだと思ったら、すぐに鎌を片手に飛び出してきて、

「逃げろ！　平三！」

そう叫ぶのが聞こえた。すると楠田が怒りもあらわに踏み入ろうとした。だが、伊助がその前に立ちはだかった。

「退け！　伊助……」

楠田は一喝し抜刀した。伊助もあわてて鎌を構え直した。

だが次の瞬間伊助は、難なく楠田の一刀のもとに、どすんという不気味な音を立てて崩れ落ちていった。

楠田が合図をくれ、おろおろしながらも、文蔵も捕り方たちと廃屋に走った。

まもなく平三も血まみれで転がった。楠田が斬り捨てたのだ。そうして楠田はあと始末を文蔵たちに言いつけて、さっさと奉行所に帰って行った……。

「立花様、そりゃあもう、見てられないような光景でございましたよ」

「平さん、酷い話ですね。そんなこと、許される筈はないじゃありませんか」

「へい……あっしもそう思います。もともと伊助は岡っ引はやりたくねえって言っていたんですからね、それを、島帰りなら使い道もあるだろうってこき使って、あげくの果てがあの成敗ですよ」

文蔵は声を詰まらせた。

「あっしは泣きました。ええ、あいつのために泣いてやりました……力のねえあっしがしてやれることはそれだけでした」

風もないのに、伊助の遺体の上に梅の花弁がはらりはらりと落ちてきて、物言わぬ伊助の虚ろな眼が、薄墨色の空を仰いでいた。

「無念だったに違えねえ、あっしはそう思って、思わず伊助が見ている空を仰いだことを覚えています」

文蔵は言い、呆然とした眼を一方に向けた。よほどの衝撃だったに違いない。

「二十両の金はどうなったのだ」

秀太の声が、文蔵を我に戻した。

「へい。手ぬぐいに包んで懐にそのままありやした。盗んだ平三って奴が悪いに決まってますが、しかし、成敗だといって二人も殺していいもんでしょうかね、旦那……あっしは疑問に思いやしてね、それで十手は返しやした」

「文蔵、伊助が死ぬ前に楠田に叫んだ約束というのはなんだったんだ」

「全てを伊助に任せると楠田の旦那は約束していたんです、その事の他には考えられません。ただはっきりした事は……二人の間のことですから」

「そうか……」

楠田は奉行所の上役には自分の都合の良い報告をしたのだろう。

「旦那……」

文蔵は、思い出したように言った。

「伊助は生前、兄のように頼っていたお人がいた筈……ひょっとしてその人なら伊助から直に何か聞いているかもしれやせん」

「どこの誰だ」

「太兵衛さんと言っていたが……そうだった、越後屋さんだ」

「何、越後屋太兵衛だと……」

意外な名が飛び出して驚いたのは、平七郎の方だった。

六

「留《とめ》さん、ちょ、ちょっと、そこではなくてこちらですから」

里絵は畳を捲《めく》りあげた板の間で、大工の留吉《とめきち》に床の一画を指して言った。

萌葱《もえぎ》色の着物を短く着て、前垂れを掛け襷《たすき》をして、頭には手ぬぐいを掛けている。

力の入れようがわかるというものだ。

里絵は客間に炉を切ると言い出したのだ。

それも平七郎が聞いたのは今朝のことで、すでに客間の改装の全ての段取りは終わったあとで、朝食が終わるやいなや、大工の留吉が弟子一人を連れてやって来たのである。

昨夜焼き餅屋の文蔵から聞いた話も気になっていたし、橋廻りもいつまでも手を抜く訳にはいかない。

気になることはいくらでもあったが、

「平七郎殿」

仏壇に手を合わせたあと、里絵に呼び止められたのだ。

「あなたにこんな話、何度もしたくはございませんが、いつになったらお嫁さんを貰うんでしょうね」

声は優しげだが、その眼は平七郎をとらえている。下手ないい訳はききませんよと言わんばかりの目の色だった。

「はあ、考えてない、という事はございませんが」

「お役目は……」

「仕事は大過なく過ごしております」

「そんな話ではございません。橋廻りになってもう三年は過ぎてます。そろそろお役替えがあってもいい頃ではございませんか」

「はあ」

「あれもこれも私には心配なことばかり、ならば私がと考えましてね、お茶の先生をやってみようと思い立ちました」

「母上が……」

「はい。母は父上と一緒になる前からお稽古《けいこ》をして参りました。初心の弟子を大勢とって、茶道を伝授しながらあなたにふさわしい娘さんを捜します。あなただって、この家に美しい娘さんがやって来るようになれば、その目でじかに見て選びやすいではありませんか」

「母上」

席を立とうとすると、

「お待ちなさい。お奉行様からご紹介いただいたかの娘さんも、それからおこうさんも、そうそう与力の菊池《きくち》様、あそこの娘さんで、なんだったか、ああ、思い出した、松世《まつよ》さんて方もここに通いたいってお言葉を頂いております」

「どうぞ、ご勝手に」

「あなたもお稽古して貰いますよ」

「私は結構です。忙しくて暇《ひま》がありません」

「そんな事があるものですか。それにね、いいですか……あなたが定町廻りならば日々の暮らしも楽ですが、橋廻りでは決まったお給金しか入ってきません。私が茶道を教えれば、お月謝に付け届けにと結構なお金になるはずです」

給金のことまで出されては二の句が継げぬ。憮然《ぶぜん》として座っていると、

「ご心配なく、お道具は少しずつ買い貯《た》めてありますし、お部屋に炉を切るお金は、へそくりで賄《まかな》えますから」

にこりと笑ってみせたのだった。

里絵は、平七郎の嫁取りもお役替えのことも一向にはかばかしくなく、業を煮やしていたようだった。

留吉がやって来ると早速身支度をして、止せばいいのに采配を振っている。

「留吉、うるさくてすまぬな」

平七郎が冗談まじりに留吉に囁くと、

「なんの、若旦那。あっしの女房も是非、部屋の隅っこからでもいい、お茶を点《た》てるってどんなものか拝見してえ、なんて楽しみにしておりやす」

「ええ、ええ、どうぞ、お気軽に……」

里絵は声を弾ませた。

すると留吉は図に乗って、

「なにしろ若旦那は男っぷりがいい。それに里絵様はその若さだ。若い娘さんから旦

那衆まで、お弟子が多く押し寄せて、たいへんな忙しさになりますぜ」

留吉は威勢よく笑って床板に墨《すみ》で線を引いている。

父の代からの出入り大工で、気のいい男であった。

「それでは母上」

出かけようとする平七郎に、

「ああ、どうしましょう。お茶のことで頭がいっぱいで忘れておりました」

里絵は胸の前で手を叩くと、

「あなたを訪ねて昨日おちかさんて女の人が参りましたよ」

「おちか……」

おちかといえば伊勢蔵が二世を誓った女の筈だ。

「ええ、それでね、お庭の腰掛けでしばらく待っていたのですが」

「いつのことです？」

「昨日の夕方です、でもお勤めがあるとかで……何でしょうね、深刻な顔をしていましたが、またきますとおっしゃって」

「どこに勤めていると？」

「柳橋《やなぎばし》の袂にある、茜屋《あかねや》っていう料理屋のようですよ。いつもはお昼前から夕方まで働いているらしいのですが、今日はお店の都合で夕刻からのお勤めだとか言って……」

皆まで聞かずに平七郎は家を後にした。

果たしておちかは、照降町の伊勢蔵の長屋にいた。

伊勢蔵は出かけたらしくていなかったが、おちかは平七郎の姿を見ると驚いて部屋から飛び出して来た。

「申しわけありません。昨日は突然お訪ねして」

おちかは平七郎を迎え入れると頭を下げた。

長屋の建てつけは古くなっていて、畳も毛羽立ちみすぼらしい限りだが、おちかがせっせと通って掃除をしているせいか、部屋は片づいていて埃一つ見えなかった。

「伊勢蔵は出かけているらしいな」

「はい、家を出てもうまる二日になります」

「何、どこに行ったのだ」

「わかりません、孫六さんに捜して貰っているんですが」

「そうか、それで俺の役宅に」

「ええ、私心配で心配で。それで旦那をお訪ねしたんです。相談したいこともあったので」

「何の相談だ」

平七郎は上がり框《がまち》に腰を据えると、板の間に膝を揃《そろ》えて座ったおちかに聞いた。

「旦那に、立花様に伊勢蔵さんを止めていただきたくて。危ないことはしないでって」

「何かあったのだな」

「はい。すまねえがお前とは一緒にはなれねえ、今日を限りにここにも来るんじゃねえって、三日前に言われまして」

「そうか……そんな事を言ったのか」

「ええ、あんまりだと思って」

「…………」

「あの人が何をしようとしているのか、わからない私じゃありません。でも、生きるも死ぬも一緒だと思っていたのに……第一、実家の母になんて言えばいいか……」

おちかの実家は中山道《なかせんどう》の深谷《ふかや》宿で旅籠《はたご》を営んでいるらしい。

若気のいたりで性悪男にひっかかり、おまけにその男が罪を犯してお縄になった。

世間の白い目がおちかやおちかの実家にまで向けられるようになって、おちかはいたたまれずに江戸に出てきた。

家出同然だったために、身売り寸前のところまで墜《お》ちた。生きる希望を失いかけていた時に伊勢蔵に会ったのである。

一緒になって今度こそ幸せをつかみたい。

伊勢蔵と深い繋がりを持つようになって思うのはそのことばかり、実家に二世を誓った人が出来たと知らせると、すぐにおちかの家から返事が来て、家に戻るようにと言ってきた。

跡取り息子のおちかの兄が亡くなって、おちかに跡をとって貰いたい。ついては婿《むこ》をとって店を頼みたいというのであった。

「私はね、旦那」

おちかは大きく息をつくと、苦笑をちらと浮かべたあと話を継いだ。

「伊勢蔵さんと一緒なら旅籠をやってもいいって実家に返事をしたんです。伊勢蔵さんも承知してくれました。実家もそれならって言ってくれて。もちろん伊勢蔵さんの妹さんも一緒に深谷に行こうって決めてたんです……ただ伊勢蔵さんは、俺にはどうしてもやらなきゃいけねえ仕事が残っているって、それを片づけなきゃどこにもいけねえって言い出して。あの時の伊勢蔵さんの怖い顔、忘れることは出来ません。だからわたし、伊勢蔵さんがその仕事を終えるまで待つつもりで……それが突然別れ話なんですもの」

「おちか、お前はその仕事というのが何のことだか知っているんだな」

「はい。はっきりとは言いませんが、おとっつあんの敵を討つことじゃないかと」

「ふむ……どこに行ったのか心当たりは？」

おちかは力なく首を横に振った。

「そうか……しかし、孫六にも何も言ってなかったとは用心深い男だな」

「あたしも孫六さんも、おいてけぼり食ったんですよ」

「話はわかった。俺なりに伊勢蔵を捜してみよう」

平七郎が立ち上がる。

そこに、孫六が帰って来た。

「こりゃあどうも、せんだってはお助けいただきやして」

孫六は丸くなった背をさらに丸くして頭を下げた。

「伊勢蔵の行方はつかめたのか」

「いえ、それは……ただ、いつぞやの晩、伊勢蔵親分を襲った坊主崩れの男をとうとう見つけやしてね、住まいを見届けやした」

「何」

「新堀川にある妙桂寺《みょうけい》に住み着いている法然坊《ほうねんぼう》とかいう男です。あっしは町で托鉢《たくはつ》をしている所を見て尾けていったんですが、一人ではどうにもなりやせん。もし、伊勢蔵親分が帰っていなさるんだったらと戻ってきたんでございやす」

「よし俺が行く。案内しろ」

七

その男、法然坊という男は、寺の裏手にいた。苔《こけ》がへばりついているような石の上に座り、背を丸めて小刀で何かを削っていた。

春の木漏れ日が落ち、法然坊を優しく包んでいたが、どうみても厳しい修行に励む修験僧には見えなかった。怠惰《たいだ》なものがまとわりついている。

白い小袖は垢《あか》と埃にまみれてねずみ色に変色しているし、その上に羽織った衣もよれよれで、しかも総髪、どうやら坊主の形《なり》は隠れ蓑《みの》かと思われた。

伊勢蔵たちに斬りつけたあの折の小太刀も、携帯してはいないようだ。

黙々と小刀を動かして時に息を吹きつけて竹屑を払い、削り具合を見る無心な姿からは、先夜の凶行とは一見結びつかなかった。

ただ、平七郎の目は、男の右手の甲にあの時の痕跡を見た。男は手の甲に大きな膏《こう》薬《やく》を貼っていた。それに、宵闇で見た青白い顔と大きな目も、あの時の男のものに間違いなかった。

平七郎がゆっくり近づくと、男は気配に気づいて手を止めて見迎えた。その顔に驚愕が走った。

「覚えているようだな」

平七郎は一間半ほどの距離を置いて立ち止まった。

鳥の羽音がした。法然坊の足下だった。

ちらと視線を移すと、鳥籠がおいてあり、緑色の羽をした鳥が飛び上がって羽音をまた立てた。男は鳥籠を作っていたのだった。

「もはや逃げも隠れもすまい、俺は見ての通りの貧乏坊主、金に目がくらんでやった事だ。もっとも、世直しと聞かされてな、いささか昂揚《こうよう》した気分だったのも確かだが」

ふっと皮肉っぽい笑いを見せた。

「世直しとは、どういう意味だ」

「名は知らぬ。小役人と見たが、托鉢していた俺に耳打ちをした男がいてな。伊勢蔵という悪事を働く岡っ引を殺《や》ってほしいと」

「とんでもねえ。親分が悪事を働いているなんて、とんでもねえ。伊勢蔵親分は人相はよくねえが、あれでなかなかの人物だ。あっしも親分に助けて貰った男だ。おいぼれのあっしが伊勢蔵親分の手助けをしてえって思ったのも、そういう事なんだ」

孫六が言った。瘦せた小さな体が揺れ、倒れそうに見えた。

「そんな話は聞いてないな」

「法然坊と言ったな、伊勢蔵は父親を殺した奴らの悪を暴くために岡っ引を志願した男だ。お前が聞いたような男ではない。本当におぬしは、仕事を請け負った相手の名を知らぬのか」

「知らぬ……知らぬが俺がやった事のいい訳はせぬ。縄をかけたければかけろ」

「だ、旦那……」

袖《そで》を肩まで捲りあげて意気込む孫六を、平七郎は待てと手で制すると、

「本当に何も知らなかったようだな」

苦い笑いを漏らした。

「武士に二言はない」

法然坊は言ってから、

「俺も昔は武士だったのだ、いや、浪人と言ったほうがいいかな。しかし食い詰めてこの有様だ。今話を聞いて落ちるところまで落ちたなという気持ちだ」

「どうだ法然坊、取引をしないか。お前に伊勢蔵殺しを頼んだ男の名は知らぬと言ったな。だが顔はどうだ、顔なら覚えているのではないか」

「会えばわかるが」

「それだ。そのうちにその男の顔を見定めて貰う時が来る。その時には協力してくれ。約束してくれればお前の罪は軽くなる筈だ」

「よかろう。俺もあの小役人には腹が立っているのだ。仕事を失敗したからには約束の金は払えぬが、口止め料だと言って金一分ばかりを放り投げてきた。俺は受け取らなかった。いや、拾わなかった。欲しくなかったのではない。この有様だからな。ただ、俺は落ちぶれてはいるが物乞いではない」

「よし、決まった」

平七郎は、今度は孫六に言った。

「孫六、怪我をしたお前には悪いが、伊勢蔵の念願をかなえるためだ。それでいいな。お前の傷の手当てにかかった費用一切合切、その男からとってやるから安心しろ」

「これは立花様、お待たせを致しました」

越後屋の太兵衛は緊張した足音をたてて部屋に入って来ると、神妙な顔で言った。

辰吉に伊勢蔵の長屋で待機するように言いつけて、平七郎が越後屋にやって来たのはその日のことだった。

だがあいにく太兵衛は出かけていた。平七郎は座敷に通されて半刻（一時間）ほど待った。出された茶も飲み干して、出直そうかと考え始めた頃に太兵衛は帰って来たのである。

「私もお訪ねしようと思っていたところでございました」

太兵衛は平七郎の前に膝を揃えた。

「何の用だったのだ」

「いえ、まずは立花様のお話をうかがいます」

「うむ、ならば聞く。昨夜俺は昔岡っ引をやっていた焼き餅屋の文蔵に会ってきたのだが、太兵衛、お前は伊勢蔵の父親の伊助を随分贔屓《ひいき》にしていたらしいじゃないか」

「はい。伊助さんは腕の良い指物師で、うちで使う物を随分作ってもらいました。気性も私と合いまして、贔屓というより兄弟のように接しておりましたから」

「ならば他に漏らさぬ心の内を、お前になら漏らしているのではないかな」

凝視した。太兵衛はそれをしっかりと受け止めるように見返すと、

「そうですか、その事でございましたか……私もお話があると申しましたのは、伊助伊勢蔵父子の事でございます」

思い悩んだあげく、平七郎に相談するほか良い道はないと考えていたのだと言った。

「ほう、それなら話は早い」

平七郎は、伊勢蔵が十手を盾《たて》に悪事を働いているという噂の真相を調べているのだと告げ、

「どうやら伊勢蔵の行き着くところは、父親伊助の死の真相を知り、その報復をすることではないかと思ってな」

「はい、私も立花様のお考えに間違いはないと存じます」

太兵衛は頷くと膝を寄せてきて言った。

「実は、伊勢蔵さんが何度も私の店に足を運んできましたのも、そのことでして。つ

まり、私が何か知っているのではないか、知っていれば教えて欲しいと……」

「ふむ」

「でも私は何も知らないと、そう申しました」

伊勢蔵が伊助の倅と知った以上、太兵衛の世智と理性が、乞われるままに伊助の最期を打ち明けることを躊躇《ちゅうちょ》させた。

それは、倅の伊勢蔵に語るには余りに無惨で痛々しすぎる事だった。また話は南の奉行所で威勢を振るう同心楠田宗之進に関わることだ。うかつな事をしゃべれば、楠田はどんな手を使ってでも、越後屋を取りつぶそうと画策するに違いないのだ。

「事実、楠田様は何度か家にやって参りまして、私は楠田様から脅されております」

「何……」

「お前の倅を引っ張ろうと思えば、どうにでもなるのだと……伊勢蔵との縁を切れと」

「なんと」

狡猾で陰険な男かと、同心楠田という人間に吐き気を催《もよお》した。

「何、私は一介の商人にすぎませんが、言われ無き脅しをかけられて黙って屈するほど柔《やわ》な男ではありません。ただ、私は、私の家のことより伊勢蔵さんが真実を知った時にどうするのか、それは火を見るより明らかでしたから、それを恐れたのでございます」

と太兵衛は言い、太兵衛と向かい合って座った時の伊勢蔵の目が、スズメバチと呼ばれるだけあって猛々《たけだけ》しい光を放っているのを、太兵衛は見抜いていたのである。

「しかしです、立花様」

平七郎を見る太兵衛の目は暗く、その表情には心労を重ねた色が見えた。

静かに見返す平七郎に太兵衛は話を続けた。

「先日伊勢蔵さんがまたやって来まして、あっしがここに来るのも最後かもしれねえ。つい先頃も襲われて命を落とすところだったなんて物騒な話をなさる。しかも伊勢蔵さんは、証拠はつかんでいないが、あっしを殺そうとした人間はわかっている。そう言ったのです」

「ふむ……………」

平七郎の脳裏には、楠田をつけ回す伊勢蔵の姿が目に見える。伊勢蔵は楠田が父親を成敗の名の下に惨殺したことを突き止め報復を胸に機会をうかがい、一方の楠田はそんな伊勢蔵の害意に気づいて隙あらばこの世から伊勢蔵を消そうと考えている。

二人は互いの殺意に引きよせられるように接近していく、そんな姿が見えるようだ。

——報復……

いっそうくっきりと平七郎の脳裏に、その二文字が浮かび上がった時、

「伊勢蔵さんはこうも言いました」

平七郎の思案を太兵衛の言葉が継いだ。

「あの男をさんざんつけ回して、伊助の倅がここにいるぞと知らせてやったのだと言っていました。だから襲って来たのだろうと……ただ、このままで終わる筈がない。あっしの息の根を止めるまでやる筈だ。だからあっしも殺られるまえに、せめて本当のことを知りたいのだと伊勢蔵さんに執拗《しつよう》に言われまして、私もとうとう……」

深いため息をついた。

「話してやったのだな」

「はい。ですが、このまま見て見ぬふりは出来ない」

「太兵衛、お前が伊勢蔵に話したのはいつのことだ」

「三日前……」

「それでわかった。伊勢蔵が長屋から消えた頃と一致する」

「伊勢蔵さんが消えた……」

太兵衛は怯えた目を向けた。

「話してくれ、伊助の何を伝えたのだ」

「はい、楠田様に成敗される前の晩にここを訪ねて来た伊助さんの話をいたしました」

太兵衛はそう言って当時の話を切り出した。

「伊助さんは楠田様に言われて平三の居場所を突き止めたものの、これで良かったのかと悩みに悩みましてね……」

「仲間を売ったと、そういう事か」

「ええ、それも、自分の望みをかなえるために楠田様に同調したという負《お》い目があったようです」

「聞いているぞ。平三の事件が落着すれば、岡っ引を辞め島流しになる前の暮らしに戻れると」

「そうです。立花様、楠田というお方は、伊助さんが岡っ引から足を洗いたくて離れようとすると、そうはさせじとずっと邪魔をして来た人です」

「どういう事だね」

「伊助さんが指物師の仕事に戻ろうとすると、仕事先に先回りして、あいつは凶悪な男だ島帰りだ、それでも使うのかと脅しましてね、結局伊助さんは岡っ引の他にはどこにも居場所はなくなったのです」

というのである。

太兵衛も初めの頃は、伊助の心に島に流されてから辛抱がなくなって、また職人としての腕も落ち、それで使ってくれる親方も、仕事をくれるところもないのかと思っていた。

ところが神田の太兵衛の知り合いの指物師に伊助を頼んだところ、そこに楠田が現れて、伊助を使うのは止めろ、島帰りだ、何があっても知らないぞと、その指物師に脅しをかけてきたというのである。

その楠田が、今度こそは引き留めない。その代わりに平三を見つけてお縄にしろ、その手柄と引き替えに、お前の願いをかなえてやる、そう言ったというのである。

楠田の言葉に動かされて、かつての仲間を追い詰めたものの、伊助は平三が抱える事情を知って、縄をかけるのをためらったのだ。

平三には年老いた母がいた。伊助と同じく平三が島送りになっている間に、ひたすら倅の無事を願い、他人の冷たい目を跳ね返すようにして暮らしてきた人だったのだ。

そもそも伊助もつまらぬ喧嘩に巻き込まれて島送りになっているが、植木職人だった平三も、博奕《ばくち》場の手入れで運悪く捕まって島送りになった人間だった。

博奕に手を染めてはいたが、母一人子一人の暮らしで、母親思いだった。

ところが島から帰ってみると、母は病に倒れて、もはや高額な朝鮮人参《ちようせんにんじん》を飲ませるしか助かる道はないと言われたのである。

植木職人の仕事はあっても、出職の定まらない稼ぎでは朝鮮人参を買う金はない。

母が病になったのも自分の不孝のせいだと悩み苦しんでいた平三は、仕事先で手文庫を見てつい、出来心に負けてしまったというのであった。

二十両の金を懐に入れて帰ったが、母に盗みを悟られそうになり長屋を出てうろうろしているうちに、伊助に見つかったのだった。

事情を知った伊助は、その金を持って和泉屋に詫びを入れるよう平三を説得した。

和泉屋の旦那も、金が戻ってくれば盗みの件は不問に付すと言っていると——。

平三はしぶしぶ頷いた。

伊助はとって返して楠田に事情を話し納得するよう願ったが、楠田は首を縦《たて》に振らなかった。

盗みは盗みだ。そんな甘っちょろい決着では、奉行所の威信にかかわる。せめて一度はお縄にして、罪の大小の是非を問わなければならないと頑《がん》として聞かなかったのだ。

そこで伊助は、和泉屋の意向も告げ、金はそのまま残っている、自首すれば罪も軽くなるはずだ、自分が必ず平三を連れてくるから任せて欲しい、と楠田と約束したのだった。楠田は和泉屋の名を出したことで折れた。

ただ楠田には、平三の隠れ場所は告げなかった。

万が一、平三が金を持って逃げた折には、自分が責任を問われても仕方がないと、伊助はそこまで決心を固めての事だったのだ。

とはいえ一抹の不安はあった。そこで、楠田の約束を取りつけた後に、太兵衛のところに立ち寄ったのだ。平三の隠れ屋に戻る前のことである。

楠田が約束を守らなかった時には自分もどうなるかわからない。楠田の悪性を知っているだけに、伊助の心配はそこにあったのだ。

果たして――。

太兵衛はそこまで話すと暗いため息をつき、

「立花様、そのあとはご存知の通りです。楠田様は伊助さんを配下の者に尾けさせて平三の居場所を知るや、約束を破って捕縛に向かったのです」

平七郎も重い息を吐き捨てて、組んでいた腕を解いた。

「伊助が鎌を手に抵抗したのも無理はないな」

「はい。楠田様にとっては、伊助さんも平三も虫けら同然と思っていたのでしょうな。使えなくなった伊助さんにはもう用はないと斬り殺したのです」

「そんな事がまかり通って良い筈はない」

平七郎は押し殺した声で言った。

その時だった。店の者がやってくると、廊下に膝を落として告げた。

「一文字屋からお使いが参りまして、急いでお店まで来てほしいと伝言を置いて帰りました」

八

平七郎が越後屋の帰りに一文字屋に立ち寄ってみると、秀太とおこう、それに若い男が膝を揃えて座り、平七郎を待っていた。

「板倉屋の仙太郎《せんたろう》でございます」

平七郎が座るや男が言い頭を下げた。中肉中背の見栄えの良い男だが、疲れが顔を覆っていた。

「板倉屋の跡取りですよ、平さん」

　秀太が言った。

「このたびはいろいろとお役人様方にお世話をおかけしまして申しわけありません。それに、私の妹と越後屋さんのおかよさんとは仲良しでございまして、このたびこちらの平塚様におすがりしようと思いましたのも、そういう訳でございまして」

　仙太郎は、そつなく平七郎に挨拶をした。

「それで……辛《つら》い話をするが、親父殿は自死だったのか？」

「はい。おとっつあんは、家の者が寝静まるのを待って自死したようでございます」

「そうか」

「ただ、私は、これは殺されたも同然と思っております」

「何、どういう事だね。まさか岡っ引の伊勢蔵が店を脅して」

「いえいえ、伊勢蔵さんのせいではございません。実は昨夜、遺品を整理しておりましたら、こんなものが出てきまして」

　仙太郎は紫の袱紗《ふくさ》に包んできた一通の書状を置いた。袱紗をとると、遺書と墨書されていた。

驚いて見詰める平七郎の膝前に、仙太郎は遺書を寄せてきて言った。

「読んで下さいませ」

「いいのか」

「はい。命と引き替えに訴えたもの、立花様なら私ども町人の味方、町人の立場で裁いていただけるのではないかと存じまして」

きっと覚悟の目を向けた。

おこうがそっと燭台を平七郎の側に寄せて来た。

「では……」

平七郎は書を取り上げて静かに開いた。

流麗な字が飛び込んで来たが、上訴とまず墨書され、悪漢楠田宗之進様について、とある。

迷いのない、決意の籠もる筆跡だった。流石《さすが》の平七郎も、思わずひとつ大きく息をついた。

周りの者たちも、じっと平七郎の顔を注視している。その緊張感がひしひしと伝わってきた。

平七郎は、読み進めるうちに怒りで胸が塞《ふさ》がれるようだった。

亡くなった板倉屋が書いていたのは、楠田との悪縁だった。

それは三年前のこと、倅の仙太郎が売った薬で、人ひとりが死んでしまった。

通常指定された劇薬を販売する時には、お上からのお達しで、購入者の身分を確かめて通帳に印を貰わなければならない。板倉屋ではその上に、販売した店の者の印も帳面と薬袋とに押させていた。慎重に扱うためである。

仙太郎もそういう手順はきちんと踏んではいたのだが、相手が一見《いちげん》の客であるにもかかわらず、さる藩の藩医だと名乗ったものだから、信用して販売してしまったのだ。

ところがその薬で人が殺され、板倉屋の仙太郎の印を押した薬袋が遺体の側に放置されていたのである。

事件を調べていたのは南町の楠田宗之進だった。

楠田は、板倉屋の袋を持って現れると、薬を売った相手は藩医ではなかった、仙太郎の不手際《ふてぎわ》は厳しく問われるだろうと告げた。

さらに楠田は、そうなれば板倉屋の暖簾に傷がつくのは必定《ひつじよう》、仙太郎も牢に繋《つな》がれるかもしれないなどと厳しいことを並べ、板倉屋が助けを求めると、楠田は五十両の金を要求したのである。

板倉屋は承知した。倅の仙太郎には内緒で、大金を楠田に渡したのである。

その金の力があったのかどうか、仙太郎は奉行所に呼び出されはしたが、説諭されただけで決着がついた。

ところが、ほっとしたのもつかの間、それが楠田との悪縁の始まりと思い知る。

その後楠田の脅しは、微《び》に入り細に入り、根も葉もないような事をでっちあげ、そのたびに板倉屋は楠田の袖に大枚を落として来た。

伊勢蔵が板倉屋を訪ねてきたのは、そんな楠田の悪を調べ上げるためだった。

伊勢蔵は板倉屋が白《しら》を切っても諦めなかった。本当のことを話して欲しいと食い下がった。

伊勢蔵は自分の父親が、いかに楠田に利用されゴミのように始末されたことも板倉屋に話し、勇気を出して奉行所に訴えるように勧め続けた。

板倉屋はとうとう重い口を開こうとした。

伊勢蔵の言う通り、このままだと楠田に脅し続けられる。心の落ち着く時がない。

倅に暖簾を渡すまでに、何とか決着をつけなければならない。それは伊勢蔵に厳しく言われたからではなく、常々胸にあったものだ。

板倉屋は金の無心に現れた楠田に絶縁を迫り、聞き入れてもらえなければ奉行所に訴えると、逆に楠田に引導を渡したのである。

ところが悪に長《た》けた楠田は、お奉行だって俺を罰せない。お前がその気なら、板倉屋は朝鮮人参を抜け荷しているとして潰してやる。証拠はこれだと、見たこともない人参を板倉屋の前に置いたのだった。

板倉屋は楠田の持つ別宅に出かけて行き、最後の取引を行った。

楠田が証拠として出した人参代として百両を渡すかわりに、受け取りの証文と、証拠の人参を受け取ったのだ。

これまで楠田に渡した金は総額で三百両を優に超える。詳細は人参と一緒に手文庫に残してある。

それを証拠として、私は死をもってお上に訴える。

板倉屋の遺文は、それで終わっていた。

見終わった平七郎は、その文を秀太に手渡した。

秀太が読み進める。

待ちかねたように仙太郎が言った。

「立花様、南町のお奉行様が楠田を裁けないというのなら、北のお奉行様にお願いしたいのです。父の無念を晴らして下さい」

腹の底から呻《うめ》くような声を出した。

「若旦那、この手紙にある手文庫はあるのだな」

「平七郎様、私が預かっています」

おこうが、風呂敷包みを平七郎の前に置いた。

その時だった。

「平さん、大変です」

伊勢蔵の長屋を張っていた辰吉が帰って来た。

「伊勢蔵が帰って来たんですが、匕首《あいくち》を持ってまた出て行きました」

息を切らして辰吉はそこにしゃがみこんだ。

「辰吉さん」

おこうが、椀に水を汲《く》んできて辰吉の手に持たせる。

辰吉は、水を飲み干すと、げほげほとむせたが、胸を拳骨《げんこつ》で叩くと、

「すみません。孫六もついていったんですが、残されたおちかさんに聞きましたら、恐ろしい顔で匕首を持ち出したって言うんです」

「行き先は？」

「向嶋だと言ったそうです。おちかさんには、もうおめえには会えないかもしれねえ、達者で暮らせと、そんな事を言ったようです」

「向嶋といっても……」

平七郎が思案の顔で呟くように言った時、

「立花様、楠田の別宅というのが向嶋にあります」

「よし、一か八か」

立ち上がり、

「辰吉、ご苦労だが八田さんを知っているな。捜して今の話を伝えてくれ」

平七郎は言い置くと、秀太と共に一文字屋の外に出た。


伊勢蔵は伸びた茅《かや》の群生に囲まれて、地面に膝を落としていた。

目の前の仕舞屋には楠田宗之進がいる。楠田は、総髪頭に煙管《キセル》を挿《さ》した痩せた浪人者一人を連れて夕刻に入った。

家の中には留守を預かる若い女が一人いるが、他には楠田が入ってまもなくして、紙問屋の淡路屋が人の目を避けるようにして入っている。

淡路屋も伊勢蔵が何度も楠田との繋がりを聞き出そうと責めてみたが、板倉屋と同じく口を割らなかった一人である。

淡路屋は今では西の丸の奥に出入りする紙問屋で、楠田との黒い結びつきは続いているようだ。

おそらく奉納金ともいうべき袖の下を楠田に届けにきたたに違いないのだが、伊勢蔵は淡路屋と浪人の去るのを待っている。

楠田が女と二人になれば、その時こそ伊勢蔵が踏み込む時だった。

一気に家の中に飛び込んで楠田の胸を突き、全速力で走り出て、孫六が隅田川で番をしている舟に飛び乗り逃走することになっている。

――あれは……。

伊勢蔵は驚いて目をこすった。同心一人と笠を被った坊主姿の男が現れ、二人は家の中に入って行ったではないか。

――どうなってるんだ。

伊勢蔵は草むらの中から這い出して、ゆっくり裏手に回った。

開け放した座敷では、楠田が淡路屋の差し出した贈り物にほくそ笑んでいた。

贈り物は袱紗の上で、ふたつの束を作った小判だった。

「淡路屋、繁盛して笑いがとまらぬのではないか」

楠田はくすくす笑って、廊下近くに控えている浪人に笑いかけた。

女の姿が見えないところを見ると、台所か茶の間の方にいるらしい。

「これも楠田様のお陰でございます。今後ともよろしくお願いいたします」

淡路屋は慇懃《いんぎん》に頭を下げると顔を上げた。

血色の良い淡路屋の顔が灯火に映し出されている。淡路屋は笑みを見せると、

「それでは私はこれで」

立ち上がって廊下に出、玄関の方に消えていった。

その時である。

ふらりと庭に現れた者がいる。坊主姿の笠を被った男だった。

「南町奉行所同心、楠田宗之進」

坊主姿の男は、押し殺した声で言った。

「お、お前は、法然坊！」

楠田が驚愕の声をあげると同時に、浪人が廊下に出てきて、腰の物に手を添えた。

「覚えてくれていたか」

「どうしてここがわかった」

楠田が立ち上がって廊下に出てきた。冷たい目で見据えている。

「俺も金が欲しい。名も告げずに岡っ引殺しを頼まれたが、あんたからは僅《わず》かの金ももらっておらぬ」

坊主は笠の縁を持って、かすめ見るようにして言った。

「ふん。頼んだ仕事も満足に出来なかったではないか。お前に金を恵む気はない」

「あるな。大いにある」

「何……」

「俺はいま迷惑しているのだ。岡っ引を殺せとお前に命じたのはどこの誰かと、俺につきまとう同心がいる」

はっと楠田の顔色が変わった。

「俺は知らぬ存ぜぬと誤魔化してきたが、奴らのしつこさにはほとほと困っている。そこで、旅にでも出ようと思ったのだが金がない」

「幾らいる。言ってみろ」

楠田はいらいらと言った。

「三十両」

「さ、三十……」

楠田は復唱しながら、浪人にちらりと視線を走らせた。

暗い光を浪人の目が発した。

「わかった、渡してやる」

楠田は部屋の中に引き返すと、先ほど淡路屋が置いていった袱紗の中から金を鷲づかみにして出てきて言った。

「持っていけ」

坊主姿の男は、ゆっくりと近づいた。

手を伸ばして、楠田の持つ金に触れようとしたその時、

「死ね」

浪人が刀を抜き放ちながら、庭に飛び降りて来た。

腰の小太刀でその剣を払って坊主姿の男は飛び退《の》いた。

「殺せ、岡っ引を狙った浮浪の坊主として殺せ」

楠田が叫んだ。

「本性を現したな。証拠は十分見聞させて貰ったぞ」

坊主姿の男が、笠を脱ぎ捨て、衣をはぎ取った。ぐいと睨《にら》んで言い放った。

「北町奉行所同心立花平七郎」

「な、なんだと」

「同じく平塚秀太」

庭から秀太が飛び出して来た。

「楠田宗之進、あんたの罪はひとつやふたつではなさそうだ。北町で裁くからそのつもりでな」

「むっ……斬り捨てろ」

楠田は浪人に命令すると、玄関に向かった。

だがすぐに、何者かに押し寄せられて戻って来た。

伊勢蔵と、捕り方を連れた八田力蔵だった。

「八田さん……」

「平七郎殿、この男は淡路屋の商売敵の紙問屋を殺していたぞ。実行したのは、お前だな」

八田は、髪に煙管を挿している男を睨んだ。

「知らぬ」

「お前の体からは煙草の匂いが立ち上っている。それに頭に煙管を挿して総髪、お前が淡路屋の商売敵を殺す現場を見た者がいる」

「わーっ」

浪人は狂気したように近くにいた平七郎に討ちかかって来た。

一閃《いっせん》、月夜に冷たい刃が空を斬ったが、平七郎は身を低くして躱《かわ》し、浪人の後ろに回って、その喉元に刃をつきつけた。

「親父の敵《かたき》だ」

捕り方に打ち据えられた楠田に、伊勢蔵が匕首を引き抜いて飛びかかって行った。

「止めろ、伊勢蔵！」

平七郎が叫ぶと同時に、八田が伊勢蔵の手首を十手で打ち据えていた。

「ううっ」

伊勢蔵は蹲って泣く。

「伊勢蔵……」

平七郎と秀太は、八田が楠田をしょっぴいて去って行くと、悔し涙を拭いている伊勢蔵の側にしゃがんだ。

「楠田の命はとったも同じだ。親父さんもこれで救われる」

「旦那……」

「そうだよ、深谷に行って、おちかさんと一緒になって、旅籠の主になるんだろ」

秀太が言った。

「そうですよ親分、あっしはおちかさんと約束したんです。下足番にやとってくれるって」

孫六がひょっこりと現れた。

「そうしろ、なにもかもやりなおせ」

平七郎は、伊勢蔵の肩に手を置いて言った。

「旦那……親父が死んだあの場所に行ってきました。梅の木には青い実がついて葉をしげらせておりやした。あっしはしばらくその場所から動けませんでした。親父はこの梅の木の花を見ながら死んだのかって……」

「伊勢蔵……」

平七郎は、伊勢蔵の肩に置いた手に力を込めた。


「ええ、伊勢蔵さんは昨日でしたか、挨拶《あいさつ》に来てくれました」

太兵衛は奥から出て来ると、にこにこして言った。

「そうか、伊勢蔵が挨拶にな」

平七郎は上がり框に腰を据えて、盆の上にあるお茶を取った。

「美味いな、宇治《うじ》の茶だな」

一口飲んで太兵衛に目を投げると、太兵衛は頷いて、

「新茶です」

「ほう……」

ぐいと飲み干した。

「もう一杯いかがですか」

太兵衛の目は、平七郎の返事を聞くまでもなく勧めている。

「じゃ、もう一杯貰おうか」

「いやいやさすがでございますな。お母上様が御茶道のお師匠様になられる程ですから、当然といえば当然ですが」

太兵衛は先日役宅までやって来て、母の里絵が造った茶室を見て帰っている。

おっつけ太兵衛は、輪島塗の中棗《なつめ》を届けてくれて、里絵は感激していたところだった。

だからといって、平七郎に茶の味がわかる筈がない。

「太兵衛」

平七郎は笑って手を振って否定し、俺は急ぎ足でやって来て喉が渇《かわ》いていたのだと

笑った。

「ご謙遜《けんそん》を、いえ、うちのおかよもお茶を習いたいなんて言いだしまして、お母上様のお許しが頂ければ、是非弟子の末席にと」

「母が喜ぶ」

「実は、ひょんなことから板倉屋さんの仙太郎さんからお話がありまして」

「何、仙太郎から……」

平七郎は、ちらと秀太の顔がよぎった。このたびの秀太の活躍も、もとはと言えばおかよへの関心のため、しょげかえる秀太を思い浮かべて苦笑した。

とはいえ祝いのことばを述べる。

「しかし、それは目出度《めでた》い」

「いえいえ、あちらもこのたびは大変でございましたから、ずっと先の、ひょっとしたら一年も先の話ですが、まあそれなら、お茶とお花と、雑巾ぐらいは縫えるようにしておいてやらないと」

と言っているところに、おかよが茶のおかわりを持って現れた。

「また、おとっつあん、べらべらよけいなことを止めて下さい」

「べらべらという事はないだろう。おとっつあんは嬉しいんだから」

「とかなんとか言って、寂しい癖に、ねえ、平七郎様」

おかよは弾んだ声で言い、新しいお茶を置いてひっこんだ。

「それはそうと、楠田様は死罪は免《まぬか》れないようですな。読みました、一文字屋の読売三枚綴《つづ》りの事件の顚末を」

太兵衛は小さな声で告げた。

八田が縄をかけた楠田は、今は牢に入っているが、悪行の数々が判明して極刑になるだろうと言われている。

伊勢蔵の父親伊助、平三を殺したばかりか、淡路屋の商売敵を浪人を使って殺し、板倉屋を脅し、淡路屋から金をむさぼり、松崎屋《まつざきや》という廻船問屋を使って朝鮮人参の抜け荷までやらせていたというのだから救いがたい。

楠田は最初、中野大和守の名を出して取り調べの与力を威嚇《いかく》していたらしいのだが、その中野が、楠田などという男は知らぬとつっぱねたため、楠田はよりどころを失って、一気に罪状を認めたらしい。

一文字屋のおこうは、その結末を三枚の読売にしたてて発行し、売れに売れたと聞いている。

「太兵衛、伊勢蔵は一人で来たのか？」

店の外まで送って来た太兵衛に、平七郎は振り返って聞いた。

あれから伊勢蔵に会ってはいない。その後、伊勢蔵がどうこれからの自分に決着をつけたのか気になっていた。

「深谷に行くと決めたそうです」

「そうか、それはよかった」

「ただ、田舎の妹さんがまだいい返事をしてくれないのだと、寂しそうに笑っていました」

「…………」

無理もないなと平七郎は思い出している。

「でも、少しずつしゃべれるようになったんだと言っていました」

「そうか」

ゆるゆるとだが、やっと伊勢蔵にも春が巡って来るようだ。なによりだと平七郎はほっとした。

「立花様……」

太兵衛が沈んだ声をかけて来た。

振り返ると、太兵衛は目の先にある猿子橋をじいっと見詰めて、

「あの夜、私はここで伊助さんを見送りました。楠田様を信じるしかない。そう言うと、伊助さんは明日はいい報せを持ってきますよ、そう言って笑ってこの橋を渡って行ったんです。まさかそれが最期になろうとは……」

「………」

「ところがその橋を、今度は倅の伊勢蔵さんが渡ってきた。復讐の鬼になってね」

「………」

「おや、雨ですか、いつの間に……気がつきませんでした」

太兵衛は掌を上に向けて天を仰いだ。

霧のような雨が落ちている。猿子橋の上が濡れていくのが見える。

「傘をお持ち下さいませ」

太兵衛は店の中にとって返した。

平七郎は、けぶるように降る雨の中を、橋を渡っていく伊助の姿を見たように思った。

第三話　白雨《はくう》の橋

一

春雨《はるさめ》だった。細くておとなしい雨脚《あまあし》だった。だがいつの間にかそこに風が加わったようだった。

傘は用をなさなくなり、雨筋は優しくても幾らも歩かないうちに、腰から下はしっとりと濡れてしまう、今日の雨はまさにそんな雨だった。

平七郎は、呉服商丸屋《まるや》の軒先に出て来ると、空を仰ぎ、店の前の銀座の通りを眺めてからため息をついた。

「風が落ち着くまでしばらくお待ち下さいませ。今日を最後にしばらくご無沙汰《ぶさた》になります。うちの人も、平七郎様とお別れするのは名残惜《なごりお》しい、せめて夕餉《ゆうげ》でもとずっと申しておりましたのですよ。ですから平七郎様、もう少しご一緒に」

内儀《おかみ》のおたねは、景色を窺《うかが》う平七郎に渡そうとしていた傘を引っ込めて、見送りの挨拶《あいさつ》をためらったまま引き留めた。

とはいえ、どう空を見上げてみても、一刻やそこいらで雨も風も止みそうな気配ではない。

「何、濡れたところで春の雨だ」

平七郎は、ひょいと裾《すそ》をはしょるとにこりと笑い、

「それじゃあ、達者でな……」

改めておたねを振り返り、その手にある傘を引き取った。

「本当にお世話になりました。ご恩は忘れません」

おたねは目の下に走る無数の皺《しわ》を一層深くして笑みを作りながら頭を下げると、傘を広げる平七郎を見ていたが、

「あっ、そうそう、うっかり忘れておりました。すみません、ちょっとお待ちを、お待ち下さいませ」

突然何か思い出したように店の中に駈《か》け込んだが、すぐに引き返して来て、油紙に包んだ物を差し出した。

「これは？」

「はい。紙入れでございます。お母上様と平七郎様と、二つ入っております」

「下さるのか」

手に取っておたねを見た。

「私たちのささやかな気持ちでございます。夫も私も使っていますが、たいへん気に

入りまして、ぜひ平七郎様にも使って頂きたくて」

「そうか、すまぬな」

平七郎は礼を述べ、貰《もら》った包みを懐《ふところ》深く押し込むと、おたねに見送られて丸屋を辞した。

平七郎は傘を少し斜めに差して歩いたが、案《あん》の定《じょう》、すぐに足下からじっとりと濡れてきた。

水たまりを避けながら歩く通りは雨雲のためか夕暮れが間近かと思われるほど薄暗く、ふと顔を上げてみると人通りもまばらだった。

だが平七郎の心は温かかった。

丸屋夫婦の仲むつまじさを見たからだった。

——あの夫婦が、数年前に死ぬの別れるのなどと大騒ぎしたなどとはな……。

とても考えられぬと思いながら歩いている。

それは、平七郎が定町廻りだった頃の話である。

平七郎は京橋《きようばし》の欄干《らんかん》で、髪のほつれた病人顔の中年の女が、呆然《ぼうぜん》と川面を眺《なが》めているのを見て声をかけた。

その顔には生気がなく、今にも川に飛び込みそうな嫌な予感がしたからだった。

その女というのが、丸屋の内儀で、さきほど見送ってくれたおたねだった。

おたねは平七郎の前で泣き、胸のうちを訴えた。

それによると、自分が血の道の病いで伏せっている間に、亭主の甚兵衛《じんべえ》が外に女をつくって囲っている。いっそのこと別れるとこっちから言ってやりたいが、本音のところは悔《くや》しくてならない。それなら川に飛び込んでやろうじゃないかと橋の上に立ったものの、いざとなると勇気がないのだというのであった。

平七郎は一計を案じ、おたねを匿《かくま》い、甚兵衛と話し合い、その女と手を切らせ、おたねの心配を取り除いてやったのである。

しかし二人がその後よりを戻して暮らしているかどうか、時々思い出しては案じていた。

ところが昨日、丸屋から使いが来て、二人の仲を案じながら訪ねてみると、数年前にそのような事があったとは思えないほどむつまじくしているのを目《ま》の当たりにして嬉しくなった。

しかも二人は、店は息子夫婦に任せて二人で田舎《いなか》に引っ込むというのである。

「二人とも息災に感謝しているのです。この先は二人の時間を大切にして暮らしていきたいと思いましてね。おたねにもこれまで苦労をかけてきましたから」

おたねの亭主甚兵衛は、そんな殊勝な事を言ったのである。

——あの折は若造の自分が、僭越《せんえつ》な口出しをしたと思ったが……。

結果がそういう事なら、同心冥利《みようり》に尽きるというものである。

——そうだ、おたねを見たあの日の天候も悪かった。

昔の記憶をたどりながら、あの京橋の袂にさしかかった平七郎は、ふっと橋の上を眺めて立ち止まった。

——おや……。

橋の上に女を見た。

雨に濡れた橋の上に女が一人、傘を差して立ち止まり、じいっとこちらを見ているではないか。

一瞬、数年前の場面の再来かと思った。あるいはおたねの幻《まぼろし》ではないかと目をぱちくりした平七郎だったが、すぐにその女がおたねでもおたねの幻でもなく、年若い別の女だとわかった。

女は平七郎をというよりも、平七郎の後方に何かを待っているように眼を投げている。

女は裾《すそ》をはしょっていた。そのために赤い二布《ふたの》が下駄の上で風に靡《なび》いている。妙に色っぽく見えた。雨に煙《けぶ》っているぶん二布の赤がより鮮明に見えているのだった。

どこを見ているのだろうかと平七郎は振り返って女の視線を追った。

だが、いつも賑わいをみせているこの橋の袂の景色は今日はない。

誰もいない橋袂の広場には、風が雨を斜めに降らせているばかりである。

もう一度平七郎は橋の上に目を戻した。

この京橋は、長さはおよそ十四間余（約二十五・五メートル）、幅は四間二尺（約七・九メートル）あるのだが、女はたった一人、橋の真ん中あたりからこちらを眺めているのである。

思い詰めている風にも見えた。

平七郎は橋に足をかけた。本来なら橋を渡らずに川沿いに下り、八丁堀に帰るところだったが、放ってはおけぬと、これは同心の直感で思った。

だが、平七郎が橋に足をかけるや、女はくるりと背を向けて橋の向こうに下りて行った。

「一日に何回だ……」

秀太は、自分の肩をとんとんと叩きながら、じろりと男を睨《にら》みつけた。

男は、こでっぷりと太っていて、鼻の穴はイノシシのように外に向かって開いている。目は細く口は小さい。

「朝と晩と二回ですが」

男は不満そうに言い、右手に握っている綱の先で、きょとんとした顔で二人のやりとりを見ている犬の顔をちらりと見た。

犬は中型犬だった。柴に似た赤犬だが、雑種のようで右の目は墨で書いたように黒い丸で囲まれている。遠くから見ると眼鏡《めがね》のように見えた。

飼い主も犬も一見して吹き出してしまいそうな人相風体《ふうてい》だったが、秀太は笑いを押し込めて、気難しい顔で注意を与えているのである。

「いいか、この白魚橋《しらうお》の上は、犬の雪隠《せっちん》ではない」

「…………」

イノシシ男は、むっとした顔をしたが、相手が相手、ぐっとこらえているようだった。

「毎度毎度散歩のたびに、ここに小便をし、糞をすればどうなるかわかるな」

秀太は、木槌で橋の床をとんとんと叩いてみせた。すぐ側《そば》には犬がおしっこをしたばかりの跡がありありと見える。

「見てみろ、ここだけ橋板が腐ってきている。色が変わっているだけかと思ったら、排泄物の塩っ気でやられているのだ」

一層激しく木槌で床を叩いて、その音に耳を傾けてみせる。

「でも……」

顔を上げた秀太にイノシシ男は抗議の目を向けた。

「でもなんだ」

「うちの犬だけがやってる訳じゃあありやせんでしょ」

「そんな事はわかっているが、この犬が」

秀太はとんまな顔をした犬を睨んでから言った。

「散歩のたびにすればだな、他の犬も、縄張りを確保するために、また同じところにするんだ」

「………」

「お前の犬がここに垂れ流しているのを見たのは、今日が初めてではないんだ。今度見つけたら、橋の修理代をお前に請求するぞ」

「そんな無茶な」

「何が無茶なもんか。そもそもだな、ん、この橋の向こうには白魚屋敷があるが、白魚屋敷はなんのためにあるんだ？」

「お城の台所に魚を納めるためで」

「だろう……その目と鼻の先だぞ、この橋は」

「………」

「とりあえず名前と所を聞いておこうか」

懐からおもむろに帳面を引っ張り出したところに、平七郎が助け船を出した。

「秀太、それぐらいにしてやれ」

「平さん、甘いこと言わないで下さい。癖になりますからね」

今度は秀太が、ぷっと膨れる。

平七郎は秀太に目配せして、イノシシ男に言った。

「お前も聞いた通りだ。これからはこの橋の上で糞尿をさせないようにしろ。他の犬を散歩させている者にもお前から伝えておけ。よいな」

イノシシ男は渋々だが頭を下げると、犬を急がせて橋の袂に下りて行った。

「まったく」

秀太が苦虫をかみつぶして見送った時、

「た、大変だ。旦那、来て下さいまし、喧嘩《けんか》です！」

橋の北袂の方から町人が走ってきて告げた。

「平さん」

二人は手にある小槌を懐にねじ込むと、町人と橋の北袂に走った。

「野郎！」

総髪の遊び人風の男が、これまた町人の若い男に馬乗りになり、拳骨《げんこつ》を一発食らわしたところだった。

「俺に歯向かうなんて、とんでもねえ野郎だぜ」

「うるせえ、それはこっちが言う台詞だ」

町人の若い男も負けてはいない。

あたりには割れた陶器が散乱し、その店の主と思《おぼ》しき太った中年の男が、二人のまわりをあっちに行ったりこっちに行ったりしながら、

「止めて下さい。お止めなさい！」

などと声を嗄《か》らしてあたふたしている。

「何をしている、止めろ」

平七郎と秀太は、それぞれ二人に飛びかかった。

「ちくしょう、離せ！」

平七郎に首ねっこを押さえ込まれた町人の男は、足をばたばたさせながら叫び、

「悪いのはあいつだ」

平七郎に歯を剝《む》き出した。

「話は番屋で聞く」

男の襟首をぐいと摑んで立ち上がらせた。

だが、もう一方の遊び人風の男は、秀太相手に抵抗をみせていたが、やがて秀太を振り切った。

逃げる男を秀太は追ったが、男の足には追いつかなかった。

「平さん、すみません。逃がしてしまいました」

秀太が悔しそうな顔で息をはずませて戻ってきた。その視線の先に、膝を剝き出しにして裾を靡かせ、走り去る男が見えた。

二

「与七《よしち》といったな。住まいは弓町《ゆみちょう》のだるま長屋」

「ああ」

「仕事は、何をしているのだ」

「袋をつくってる」

「袋……家族は」

「一人暮らしですが、文句があるんですかい」

平七郎の問いに答えるには答えるのだが、与七と名乗った男の声はふて腐れていた。

「素直じゃないな。嘘をつくとためにならぬぞ」

秀太が怒鳴るように言い聞かせる。

「嘘なんてつかねえよ。弓町のだるま長屋の与七とは俺のこった」

「何だその偉そうな態度は」

秀太は睨みつけて、

「平さん、こいつちっとも反省していませんよ。縄つけて大番屋に引き渡してやった方が目が覚めますよ」

匙《さじ》を投げたような秀太を平七郎は制し、

「いいか、正直に答えるんだ。相手の男は知りあいか……」

辛抱強い口調で与七に訊く。

「知らねえよ」

「知らない？……するとしらない者がどうして喧嘩になったんだ？　原因はなんだ」

「気にいらなかった、それだけだ。他の理由がいるのかよ、冗談じゃねえや」

与七はやけっぱちな口調で言った。

喉ちんこが見えるほど口を開けてのたまうのだが、そのたびに、男の口からも体からも強烈な酒の匂いが襲って来る。

「お前、酔ってるな。おい！」

与七の肩に手を置いて揺すった。

すると与七は、なんだ、なんなんだと、白い眼を向けてきた。

毛虫を置いたような眉に、粘土をすりこぎのように丸めて造った鼻、おまけに酒に酔ったとろんとした目で、どう見ても見栄えの良い顔ではない。それどころか体を張って喧嘩をするような威勢のいい男にも見えないのである。

どうやら喧嘩の原因は、ただ酒に酔っぱらってやったというよりも、そうなるだけの何か屈託《くったく》を抱えていて、そこに酒が災いをして喧嘩をした、そんな風に思えてきた。

番屋に詰めている町役人も眉をひそめてこちらを見ている。

その町役人の側に控えていた男が、怒りを露わにしてやって来ると、我慢していたものを爆発させた。

「冗談じゃありませんよ。何が気に入らないか知りませんが、喧嘩したあげくに店を壊して、どうしてくれるんですか。そうでしょ、皆さん」

町役人たちにも同意を求めた。平七郎の顔色を気にしながらも、町役人たちは頷《うなず》いてみせた。

怒り心頭の男というのは、与七ともう一人の乱闘のために、店先に置いてあった品物をめちゃめちゃに壊された陶器屋『益子屋《ましこや》』の主治郎兵衛《じろべえ》である。

この益子屋の隣に煮売り酒屋があって、与七と逃げた男は共にその酒屋で飲んでいたようだ。

ところが酔っぱらって表に出てきたところで喧嘩になった。殴り殴られつかみ合いをしている間に、益子屋の店先の品をことごとく壊してしまったのだ。

まあまあ待てと平七郎は益子屋に手で合図して、

「では、これといった原因もなしに、ただ互いが気に入らないと殴り合った、そういう事だな」

「…………」

与七は、そんな事はさっき答えた筈だと言わんばかりの顔でちらりと見返してきた。

「よろしいですか」

益子屋がまた怒りをぶつける。

「本日は大売り出しでした。値の張るお茶碗もあったのです。大売り出しといっても安いものばかりじゃありませんよ。中でも膳所《ぜぜ》焼の抹茶茶碗などは安いものでもひとつ一両」

「一両……！」

与七がびっくり眼《まなこ》を益子屋に向けた。いっぺんに酔いがふっとんだような顔をしている。

「はいな。安いのでそれですから、もっと高いお茶碗もおまえさんが割ったんですよ。膳所焼ばかりではありません。他にも名のある焼き物を並べておりました。ですから私はお前さんが壊した品の代金ぜーんぶ弁償して頂かないことには、けっして勘弁いたしませんから」

ぎょろりと与七を睨み、平七郎と秀太まで順番に睨み据える。

「まあ待て」

平七郎がもう一度制するが、

「待てません。お役人様、万が一お役人様がこの人の肩を持ったりした時には、私は不服を御奉行様に申し立てますから」

益子屋は口から泡を飛ばして言った。

「わかったわかった。益子屋、損害はどれぐらいになる」

「ざっと見積もって三十両ですかな」

「何、三十両」

驚いて平七郎は秀太と顔を見合わせるが、品々は壊れてしまったあとのこと、どう益子屋に請求されても、その金額の多寡《たか》を確かめるすべはない。

「聞いたな与七、益子屋の怒りももっともなことだ。お前は相応の弁償金を払わなければ牢屋行きとなるぞ」

「ろ、牢屋に……」

「そうだ」

頷いてみせるが、どう見てもしょぼくれた感じの与七である。どこかの若旦那ならいざ知らず、日々の暮らしが洗いざらした着物に窺《うかが》えるのだ。

果たして、

与七は目を泳がせて平七郎を見た。

先ほどの威勢のよさはすっかり消え、肩をすぼめて小さくなっている。

さすがに平七郎も哀れに思ったが、しかしそれには目をつぶり与七に問いかけた。

平七郎の差配ひとつで益子屋の機嫌をそこねれば、与七は罪人にされてしまうかもしれないのである。

「与七、少なくてもお前は十五両の負担はせねばなるまいよ」

「お役人様」

十五両という言葉を聞いた益子屋が、また怒りの声を上げた。

「私は三十両、耳を揃《そろ》えて払って頂かなくては承服しませんよ」

「おいおい、この与七一人がやった事ではあるまい」

「そうおっしゃいますが、お役人様が片割れの男を取り逃がした以上、この人に全責任をとって頂かなくては……違いますかな。それともなんですか、お奉行所があの逃げた男に代わって弁償して下さるとおっしゃるので……」

「益子屋……」

ほとほと困った顔の平七郎に、益子屋は畳みかけた。

「逃げた片割れに半分持って貰う貰わないはそちらの都合、私の知ったことではありません」

　益子屋治郎兵衛は腕を組んで一歩も引かぬ構えである。

「与七、金の都合がつけられるか」

　問われた与七はじっと考えこんでいたが、やがて顔を上げ、

「な、なんとかしやす」

　悲壮な声を出した。

　興奮と深酒で赤ら顔だった与七の顔が、青くなっている。

「この通り、勘弁して貰えますか、益子屋さん」

　そして与七は、益子屋に深々と頭を下げた。

　その時である。

「それはならねえ話だな」

　ぬっと番屋に入って来たのは、定町廻りの工藤豊次郎と亀井市之進の二人だった。

「いま騒ぎを聞いてきたところだが、お前がやったことは島送りになっても不思議はねえ大罪だ。益子屋、橋廻りなんぞに任せるんじゃねえぜ。俺たちが裁いてやる」

　土間に突っ立ったまま、十手の先を与七に向けた。狙い打ちしているような威圧的

な手つきである。

「お断りする」

秀太がきっぱりと言った。

「橋廻りの出る幕じゃないと言っている」

「そうだよ、橋廻りは橋を叩いてりゃあいいんだって」

二人はあざ笑った。

「工藤さん！」

秀太が膝を立てた。

平七郎がそれを制して言った。

「益子屋は橋の袂にある店だ、常々我らが見回っている。無用な口出しはしないで貰いたい」

ぐいと二人を睨み据えた。そして益子屋に言った。

「益子屋、それでいいな」

「は、はい」

益子屋も日頃のことがある。平七郎の睨みに逆らえる筈がない。

「ちっ、勝手にしろ」

二人は乱暴に戸を締めると、忌々《いまいま》しそうに雪駄の音を立てながら去っていった。

「酒はいい、蕎麦《そば》を頼む、蕎麦四つだ」

秀太は茶を運んできた女に注文すると、平さんのおごりですからと、与七と与七が住むだるま長屋の大家金五郎《きんごろう》に席を勧めた。

「ありがとうございます。お力添えを頂いた上に蕎麦までご馳走になりまして」

金五郎は恐縮しきりで、与七を促《うなが》し、平七郎と秀太の向かい側に並んで座った。

たったいま、与七は金五郎に付き添われて益子屋にやって来ると、平七郎と秀太の立ち会いのもと、弁償金三十両を益子屋に支払い、領収の書き付けを貰ったところである。

与七は昨日とは打って変わった無口ぶりで、益子屋とのやりとりは全て大家の金五郎が代わって話をつけてくれたのである。

与七はただ呆然として大家についてきたといった有様で、平七郎は気の毒にも思え、それで近くにあったこの蕎麦屋に二人を誘ったのであった。

ここの蕎麦は、蕎麦とは思えぬ白い肌をしていて、コシがあってうまいという評判で、一度入ってみたいと秀太と言っていたところだった。

なるほど運ばれて来た蕎麦は一見しただけでもうまそうだった。

秀太などは待ちきれないように箸《はし》をとったが、与七は両手を膝に置いたままうなだれている。

「ったく、お前は……昨日のあの態度はなんだったのだ？　今頃になってしょぼくれても遅いんだよ。いいか、牢屋に入らずにすんだだけでも良しとしないと……しっかりしろ」

秀太は口をもぐもぐしながらも激励する。

「ふぅ……」

一応頷くが、与七は暗い穴蔵に落ちたようなため息をつく。

「無理もございません」

金五郎は与七の横顔をちらと見ながら同情の声をあげた。

「この与七は、三年前に親方のもとから独り立ちした袋物師ですが、そりゃあもう昼も夜もなく袋をつくり、店を持つための金を一所懸命貯めていたのでございますから」

「ふむ」

平七郎は精彩のない与七の顔をちらと見る。

「お役人様は橋廻りとお聞きしていますが、それなら京橋の小間物問屋『伏見屋《ふしみや》』をご存知でございましょう?」

　金五郎が言った。

「知っている。京下りの品を置いている店だな」

　さして間口の広い店ではないが、京橋の袂で靡く暖簾《のれん》も風情《ふぜい》のあるように見える店構えの古い店が、金五郎が言った伏見屋だった。

「与七さんはあの店に贔屓《ひいき》にして貰いましてね、与七さんの作ったものは良く売れるって……。でもそればかりではございませんよ、感心なのは、そんな事で満足したり天狗にならずにですね、日本橋の袂や両国橋の袂などでも立ち売りしましてね、そうしてせっせと金を貯めてきた訳です」

「そうか、それほどに大切な金だったのだな、あの三十両は」

「はい。爪に火を点《とも》すようにして作った金が、そっくりそのまま弁償金になってしまったんですから、がっくりするのもわかるというものです」

「身から出たさびだな、与七。また一から貯めるしかあるまい」

「…………」

　与七は黙して座っている。

「気落ちするのもわかるが、人間そう順風満帆《じゅんぷうまんぱん》というわけにはいかぬぞ。気持ちを切り替えるしかあるまい」

「………」

「今がどん底だと思えば、気が楽というものだ」

するとすると秀太がすばやく反応した。

「平さんの言う通り、男らしくないぞ。こちらの平さんだってお前たちが聞けば驚くような、北町きっての定町廻りだったのだ。不運にもあることで今はこうして橋廻りだが」

「秀太、余計なことを言うな」

「すみません。見ていていらいらしてくるもんだから」

「確かに、長い人生の間には山あり谷あり」

今度は横から金五郎が口を挟んだ。

「私にも覚えがあります。ただ……」

金五郎が気の毒そうに話した。

それによれば、与七はこのたび本石町《ほんこくちょう》に袋物の店を出すには格好の空き家を見つけた。三十両はその店の手付け金として、あさって渡すことになっていたというのであった。

その家主というのが年寄りの変わり者で、与七の頑張りにいたく感心し、残りは年賦でいいなどと好条件を出してくれたらしいのだ。

「やってしまった事はもう今更言っても仕方ありません。それは与七もわかっているのです。わかっているのですが、やはり大きな好運をふいにした、自分のツキはもうないかもしれないなどと言いましてね……」

私も期待していたのにと、今度は金五郎までため息をつく始末であった。

「平さん……」

秀太は話を聞き終わると、口辺に苦い思いを浮かべて笑った。

秀太の気持ちのどこかには、自分がもう一人の、あの総髪の男を取り逃がしたという忸怩《じくじ》たるものがあるのである。

「本当に馬鹿なことをしてしまいました……」

与七がぽつりと言うと、金五郎が、

「まったくです。あんたはお酒がそんなに強くなかった筈ではありませんか。番屋から酒に酔って大喧嘩した、店まで壊したと聞いた時には、まさかと思いましたよ。親代わりの私としても残念で仕方ありません」

愚痴ともつかぬ言葉を吐いて、今度は平七郎と秀太に視線を当てると、

「まさかもう一人の、逃げた男をそのままにしておくなんてことはございませんでしょうね」

「放ってはおかぬ。必ず捕らえる。その時には、あ奴にも半分は弁償させてやる。必ずな」

「よろしくお願いいたします」

金五郎が頭を下げると、与七もはっとして、深々と頭を下げた。

三

「あらぁ、素敵だこと」

里絵は、おこうが持参した風呂敷包みを広げると歓声を上げた。

すぐに広げられた袋を取り上げると、ひっくり返したり中を広げたりして確かめたのち、目を輝かせて部屋のひとところに正座して見守っている茶道の若いお弟子たちに、

「みなさんもご覧になって下さい」

手招きした。

弟子たちは、嬌声《きょうせい》を発して里絵とおこうのまわりに集まると、

「素敵……」

「ああ、こんなの欲しかったの」

とか、

「ねえねえ、これ見て……お化粧道具入れるにはとても便利よ」

とか、

「この小切れの柄《がら》、なんていうのでしょうね。ねえねえ、おこうさん、おいくらなんでしょう」

などと早速袋の値段を聞いてくる。

不運な与七の手助けをしてやろうと、平七郎から話を聞いたおこうが一役買い、里絵のお茶の稽古場に与七が作った品物を持参したのであった。

「お値段はおこうさんにお聞き下さい。どこにも売ってない一品もの、あなただけの特注の袋です」

里絵は賑々《にぎにぎ》しく言い、

「なんだかわたくしまで楽しくなりそう。物を売るってこういうことなのね」

いっぱしの商人になったつもりか大はしゃぎの里絵を見て、おこうはくすくす笑って言った。

「秀太さんのご実家でも協力して下さることになりまして、今頃はきっと」

「まあ、それは良かったこと。わたくしも明日は、この役宅の皆様にもご紹介しましょう」

「お母上様もおひとつ」

「もちろんです。おこうさんもお買いになったのですか」

「ええ、実は気にいったものをお先に……」

取りあいっこしている里絵の弟子を横目に囁《ささや》いた。

「まあ、ずるいこと」

里絵が睨む。

今日はお茶のお稽古どころではなさそうである。

そこへ又平が顔を出して、

「与七さんという人が訪ねて参りましたが」

と言う。

「ああ、私がお願いしたのです」

おこうは又平に言い、作った本人に品物の説明をしてもらった方が、皆さんも安心して下さると思ったので私が呼んだのだと里絵に説明すると、

「良かったこと。袋師本人に説明していただけるなんて何よりです。又平、こちらに」

里絵は言った。

与七は恐縮しきりで入って来たが、おこうに促されて袋の説明を始めると、人が変わったように顔にも体にも袋師としての自信が見られた。

「こちらは印伝《いんでん》の巾着でございます。こちらは夫婦巾着、袋二つ底になっていますが口は一つです。表も裏も縮緬《ちりめん》でございますが、柄はご覧のように裏を共布で仕上げたり、また別布で仕上げたりと工夫しております……」

与七は、お茶の席で使用した懐紙を入れる袱落としのこういった小袋も皆様には便利ではないかと、縮緬の切れ柄違い五枚を縫《ぬ》い合わせた可愛らしい袱落としを幾つか並べた。

「わたくし、頂きます」

見た目も美しく値も手頃と見て、袱落としは与七が説明している側から売れていった。

与七は更に、紙袋を数点膝前に置き、

「こちらは表が更紗《さらさ》の三つ折りになっています。こちらは無地八丈《はちじょう》絹、裏はこのように渋い地紋になっていますが、共に金子《きんす》を入れる小袋、小楊子《ようじ》袋、用書類入れ袋、手鏡入れ袋、紅入れ袋、もちろん小菊紙入れの袋もついています」

と説明した途端、四方から腕が伸びてきた。娘たちが我先にと差し出す白い腕が与七には眩《まぶ》しそうである。

「そしてこちらがお稽古本を入れる燕口《つばくろぐち》でございます」

淀《よど》みなく口上を述べる与七であったが、おこうは何となく、与七の顔に時々暗い影が差すのを見逃さなかった。

店を持つための三十両を一日も早く作れるよう手を貸そうとおこうが発案して、伏見屋に納めるのとは別に、知り合いで個別に販売しようという事になったのだが、与七の屈託はこんな事では解決されそうもない別な何かがあるような気がしてくるのである。

――やっぱり喧嘩の原因は平七郎様がおっしゃっていたとおり……。

単なる深酒のせいではなく、与七の胸の奥にある、酒を呑まなければ耐えられない何かがそうさせたのではないか……おこうは読売屋としての目を、説明している与七の横顔にじいっと向けていた。

その頃平七郎は、だるま長屋の木戸口に立っていた。

弓町は、その昔家康《いえやす》が入国のおり、追随してきた弓師を住まわせたところだが、今は他業種の者も暮らしていて、平七郎が向かうだるま長屋も近江伊吹山《おうみいぶき》の艾《もぐさ》問屋の裏側にあった。

平七郎はまず大家の金五郎を訪ねた。木戸を入ってすぐの二階家が金五郎の家だった。

「私も立花様をお訪ねしようかと考えていたところです」

金五郎は言う。

「与七さんはむしゃくしゃしたあげくの喧嘩だったとかなんとか言っていましたが、私にはピンときたものがあったものですから」

自ら平七郎に茶を差し出し、どうぞと手振りで茶を勧めた。

「そうか、俺も少し気になってな。全額与七が負担することで一応決着したが片手落ちには違いないからな」

「そう言っていただけますとありがたいことで……」

金五郎はひと口喉を潤《うるお》すと、茶碗を手に持ったまま、

「実は立花様、与七さんには二世《にせ》を約束した人がいたんですが、どうやらその人とおかしくなってしまったようでございまして」

「ふむ」

「十日ほど前でしたでしょうか、その人はお豊《とよ》さんといいまして、与七さんの袋物が気に入ったとかで、よくこの長屋にも足を運んで来ておりましたのですが、そうそう、十日前の夕刻でした。与七さんは両国かどこかに立ち売りに出かけて留守だったんですが、やって来ましてね、ここに……」

「ほう……」

「で、こう言ったのです。もうここには来られなくなりました。与七さんにそう伝えて下さいと……」

お豊という女は、すらりとした色の白い女だった。

金五郎がお豊に会ったのは、それまでは与七の家だった。それは見かけた、という程度でまじまじと顔をつき合わせたことはなかった。

だから、来客の気配に土間に下りて戸を開けた金五郎が、ひそやかに立っているお豊を間近に見た時には、こんな美人が与七と一緒になってくれるのだろうかと、ふと

羨ましく思ったものだった。

だるま長屋には与七の他にも、まだ所帯を持っていない若い職人が三人住んでいる。職業はそれぞれ違うとはいえ、与七はその中でも一番さえない面《つら》をしている男である。

ただ与七は、遊びはやらない。勤勉だし腕も確かなものを持っていた。見栄えが悪い分、神は希《まれ》なる天分を与えてくれたに違いないなどと見ていたのだが、与七の面には不相応な女を得たとなると、これまでの同情が馬鹿馬鹿しい気さえしてきた。

だがお豊は、哀しげな顔で立っていた。与七と一緒になるどころか、別れを言いに来たのだった。

「少し家の中で待っていれば半刻もすれば帰ってきますよ」

金五郎は与七が気の毒になって言った。

するとお豊は首を弱々しく振って、

「会わずに帰ります。与七さんの顔を見るのが辛《つら》いですから」

と言うではないか。

そこで金五郎は、ひょっとして引っ越して行かれるのかと訊いたところ、曖昧《あいまい》に、

「ええ」

「遠くに行くのかね。そうでなければまた会えます。よければ引っ越し先を教えて下さい。与七さんに伝えますよ」

聞きにくいことだったが、与七のために金五郎はもう一押ししてみた。

だが、

「もう金輪際《こんりんざい》会えないのです。与七さんには、立派な、押しも押されぬ袋物師になれるように祈ってますとお伝え下さい」

お豊は涙ながらにそう言うと、耐えられないというようにくるりと背を向け、小走りに帰って行った。

「与七さんには寝耳に水の話だったようでございます。もうびっくりして、荷物を放り出してお豊さんの長屋に駆けつけたらしいのですが、もうすでに引っ越しした後だったようでして」

「そうか……」

「それからですよ、与七さんがおかしくなったのは……」

「お豊という女に、何かせっぱ詰まった事情があったのかもしれぬな」

「はい」

「…………」

「私も大家とはいえ、これ以上根掘り葉掘りと訊くのもどうかと思案していたところですが」

「わかった。ところで、そのお豊の住み家は訊いているのか」

飲み干した茶碗を盆に戻すと平七郎は訊いた。

四

――何の騒ぎだ。

平七郎は足を止めると河岸に向かった。

与七といい仲だったという、お豊の住まいだった常盤《ときわ》町の裏店を訪ねての帰りだった。

陽は落ちかけて、行く手に薄黒い影を落とし始めた頃だった。八丁堀川の北の河岸地に多数の人が群がっていたのである。

河岸地の場所は丁度二丁目あたりかと思えた。何かが河岸地で起こったことは間違いなかった。

近づくにつれ、事の事情が読めて来た。河岸地に人が転がっていて、岡っ引が戸板をここまで運べと小者《こもの》に指図しているのが見えた。

その小者が被《かぶ》せる筵《むしろ》まで用意しているところを見ると、死人が出たようだった。

橋廻りが関わる話ではないが、昔の癖でどうしても放っておけなくなるのである。

だが、平七郎が近づくより早く、戸板に乗せた死人を運んで岡っ引が近づいて来た。

平七郎の顔を見て、岡っ引は小さく頭を下げたが、平七郎に記憶はなかった。

戸板の後を、見物人がぞろぞろとついていく。

江戸の民は両国の見世物のように、土左衛門でも行き倒れでも、野次馬となって群れたがる。

この間などは両国に若い女の死体が浮かんだが、それを見物する船まで出て、殺されたのか入水《じゆすい》したのか、はたまた美人かそうでないかなどと噂が噂を呼んで見物の人垣を退《ど》けるのに、平七郎たちも駆り出されて往生したことがある。

「平七郎様」

戸板を見送った平七郎は、やってきた野次馬の中から声をかけられた。おこうと辰吉が歩いてくるではないか。

「来ていたのか」

立ち止まって二人を迎えながら、平七郎は訊いた。

「ええ、たまたまですが、騒ぎを見たものですから」

おこうが言うと、

「でも、読売のネタにはなりませんね」

辰吉が言った。近頃、辰吉はおこうの立派な片腕になっている。言葉にも態度にも自信が窺える。

「酔っぱらいの溺死《できし》だそうです」

辰吉が続けて言った。

「そうか、事件でないのがなによりだ」

「へい。幸町《さいわいちょう》の裏店に住む桶職人の以蔵《いぞう》って男らしいのですが、毎度酒ばかり食らっていて、酔っぱらうと川に下りて顔を洗ったりしているところを、これまでにも何人も見ていたらしいんです。とうとう顔を川に突っ込んで死んじまったって、以蔵を知る男が言ってました。まったく、与七じゃあるまいし」

ひとかどの人物の顔をして冷ややかに笑って言った。その時だった。

秀太が近づいて来た。

「平さん、話があるんですが」

「何だ、お前もいたのか」

「いや、私は中の橋を点検しての帰りです。橋の下で暮らしている者がいるというので来てみたのですが、すでにもぬけの殻《から》でした」

「話というのはその事か」

「与七のことですよ。つらつら考えたんですがね、与七の喧嘩の相手をなんとしてでも捕まえないことには腹の虫がおさまりません。取り逃がした責任が私にはありますから」

「ふむ」

「すみませんがしばらく橋廻りは平さん一人でやってくれませんか」

恐縮《きようしゆく》した顔で訊いてきた。

「それはいいが、何かつかんだのか」

「いや、これからですが」

「そうか……」

平七郎とて秀太の思いとそう違わない。なんとかしてやりたいと考えている。今日ここに来るまでに、だるま長屋の大家金五郎に会い、その足でお豊が住んでいたという常盤町に寄って来たのだと秀太に告げた。

しかしお豊の行方は依然わからなかったのである。

平七郎が長屋の女房たちから聞いた話によれば、お豊は父親と二人で暮らしていたらしい。

父親は腕のいい大工だったが、普請中の家から火を出した。それが弟子の不始末によるものだとわかり、多額の借金を抱え込んだために、表に出していた店を畳み常盤町の長屋にお豊と引っ越して来たのであった。

父親は出職で働くようになり、お豊も夕方から小料理屋で女中をしていたという。

ところが、お豊には兄が一人いて、その兄が博奕《ばくち》に走って多額の借金をつくり、長屋に借金取りが押し寄せて来るようになっていた。

いつの日かこういう事になるのではないかと思っていたと女房たちは口を揃え、お豊と父親は足下から鳥が飛び立つように引っ越して行ったというのであった。

夜逃げ同然で、大家も長屋の者も、家を出て行く二人を見ていなかった。

ただ前日、お豊の父親が「いずれ上州《じょうしゅう》の田舎に引っ越すつもりだ」と挨拶して廻り、それまでに長屋の者たちに借りていた借金を返し、溜まっていた家賃も払って行ったというのだが、腑に落ちないことばかりだと住人は言うのであった。

「女房たちは、お豊はべっぴんだったから、身売りでもしたんじゃないかと噂しているらしいのだが、行き先は誰も知らぬらしい」

平七郎は言った。

河岸には平七郎と秀太と、おこうと辰吉の四人になっていた。

一帯は薄墨色に包まれて、八丁堀川の大通りには、ぽつぽつ軒提灯に灯の入るのが見えた。

「長屋のおかみさんたちの言う通りでしょうね。お豊さんは与七さんには言えないところに行ったに違いありません」

おこうは歩き出してすぐに言った。おこうの声にはお豊という女の身の上に起こった変化を察する同情の色がある。

「ついてねえ野郎だ。気の毒になっちまった」

辰吉が言った。

「辰吉、お前、秀太をスケてやってくれないか」

平七郎は立ち止まると、

「秀太一人では心許ない。俺も一緒に調べたいが、ここ二、三日は二人して橋廻りを抜ける訳にはいかぬのだ。お前が手伝ってくれるのなら十手を預ける。俺の手下としてな」

「平さん、やります、やらせて下さい」

辰吉は目を輝かせて言った。

翌日から秀太は辰吉を連れ、木挽町《こびき》にいた。

二人はここに来る前に白魚橋近くの、与七が弁償金を払った益子屋の隣の煮売り屋の店から調べを始めた。煮売り屋の女は、与七は初めて見る顔だったが、もう一人の男は時々やって来るのだと言った。

名は知らないが遊び人風で、うちで腹を満たしたあとは川向こうに橋を渡って行くのだというのであった。

目の下に親指で押したようなシミか痣《あざ》があり、それが目つきを一層悪くしていて、目を合わせるのが怖かったとも女は言い、

「あの日喧嘩になったのは、与七さんでしたか、その人に喧嘩ふっかけたんです。俺の顔をじろじろ見やがって、くそ面白くもねえって……そしたら止せばいいのにさ、与七って人も腹に何か持ってたんでしょうね。面白くねえのはこっちだって叫んでさ、それで二人はつかみ合って外に出て行ったってわけ……表に出ろっていうことなのね」

ぶるっと震えて首を竦《すく》めた。

その話から、逃げた男は木挽町あたりの博奕場か女郎屋に通っているのではないかと秀太は考えたのだ。

「辰吉、お前は博奕場を当たってみてくれ。俺は女郎屋を当たってみる」

秀太は懐から木槌ではなく十手を出した。十手には朱の房がついている。

「合点承知」

辰吉も岡っ引が持つ十手を懐から得意そうに引き抜いた。こちらは房はついていないが紛《まぎ》れもなく平七郎から預かった十手である。

ちなみに町奉行所の同心の十手は緋の房か紺の房がついている。特別に功労した場合は紫の房となる。

八州取締役出役の十手は紫の房、本来なら房つき十手など手に出来ない町奉行所同心より身分の低い者たちなのだが、八州という重いお役目を考慮しての紫の房だった。

秀太と辰吉は、互いに十手をかちりと打ち合わせ、意気揚々と調べに入った。

秀太は一刻もしないうちに、総髪で目の下にシミか痣のある目つきの悪い男が良く立ち寄るという店を見つけた。

見世物小屋の隣にある小さな飲み屋で、姉妹二人がやっている店だった。二人とも化粧にも身のこなしにも崩れたものが垣間見えたが、気さくな女たちだった。

かくかくしかじかの男を捜しているのだと女二人に告げると、女たちは見慣れない旦那だね、などと見合ってくすりと笑った。

それで秀太が橋廻りだと告げると、二人は声を立てて笑った。

「何がおかしい」

秀太は憮然《ぶぜん》とした。こういう盛り場に店を出す女は、役人を敬《うやま》う気持ちも欠けているのかと腹が立ったのだ。

すると、笑い終えた女が言った。

「だってあんまり偶然なんだもの、橋廻りのお役人を散々酒の肴《さかな》にしてあざ笑っているお客さんがいたんですよ」

「その男の名前は……」

「知らない。私たちは権兵衛《ごんべえ》って呼んでるの。もっとも私たちが勝手にそう呼んでいるだけでね、名無しの権兵衛ってわけ……。そうなのよ、その人そういえば総髪で、目の下に……」

二人は手を打って秀太を見た。

「そうか……で、なんて言って笑っていたのだ」

「白魚橋の袂で青っちろい野郎を痛めつけてやったんだが、駆けつけた橋廻りの野郎が間抜け揃いで、俺は捕まらずにこうして酒と女と博奕を楽しんでるって」

「なんと、そんな事を言ったのか」

秀太は十手を持つ手にきりきりと力が入る。

女たちはそんな秀太の気持ちなどお構いなしに話を続けた。

「嫌な奴、気味の悪い男……それが私たちの感想。でもね、金払いはいいんだから、私たちもせいいっぱい愛嬌を振りまいてさ、お金を落として貰おうってね」

「勘違いしてるんだもんね、あの男……私たちが惚れてるんだって」

二人は楽しそうに笑った。

「いつここに現れる?」

秀太が勢いこんで尋ねると、

「二日に一度は来ますよ、旦那」

色っぽい目を流して来たかと思うと、秀太は両端から腕を取られた。

「な、何をする。放しなさい」

「旦那、野暮なことはいいっこなしですよ。あんなぺんぺん草の匂いのするような男なんかほっときなさいよ」

　今にも頰と頰をすりすりさせそうな気配である。

「ちょっと待て、待ってくれ」

　顔を真っ赤にして女二人の腕から逃げだそうともがいているところに、

「旦那、何やってんですか」

　辰吉が現れた。

　秀太は大あわてで、

「放せ、言う事を聞かなければ縄をかけるぞ」

　やけっぱちな台詞を並べたて、ようやく女の腕から抜けた。

　だが胸の動悸がおさまらない秀太である。女とこんなに肌を接したのはいつ以来だったろうかと考えるが思い出せない。

　とはいえ、こほんと咳払《せきばら》いをした後、辰吉に手短に女たちから聞いた話をして、思惑違いの不首尾にふて腐れている女二人の掌にそれぞれ一分金を載せてやった。

「旦那……」

　辰吉が渋い顔をして見せるが、女たちの顔は、みるみる晴れやかになった。現金なものである。

秀太は深川に店を張る材木問屋相模屋の三男である。秀太自身は苦労こそ少ないが、僅かな金がどれほど切実なものかという下々の事情は心得ている。

聞き込みに一分金を渡すなど秀太の財布からすればなにほどの事もないのだが、平七郎が聞いたら窘《たしな》められること間違いなし。だが、今回ばかりはどんな手をつかっても、男の行方を突き止めなければならないのだ。

咎《とが》めるような目を寄越してきた辰吉に、秀太は耳打ちした。

「これも仕事だぞ」

秀太には秀太の考えがあったのだ。

女たちに金を握らせて文句の言えないようにしておいてから、秀太は女たちに奥の部屋を貸してほしいと頼んだ。もくろみ通り女たちは機嫌良く頷いた。

苦笑して見ている辰吉の前で、秀太は女たちに念を押した。

「その男に俺たちがここにいることを告げてはならぬぞ、いいな」

「はあい」

甘ったるい声を二人が出してまもなくの事だった。

「冷やでいい」

総髪の男がのっそり入って来た。男は一人ではなかった。浪人者と一緒に入って来たのだ。

しかも男は浪人に首ねっこをつかまえられたような案配で、心の底に不満を持ちながらも従って来たようで、憮然とした顔で椅子に座ると、険しい目つきを注いでくる浪人の顔を盗み見た。

その目の下に、親指で押したような痣がくっきりと見えた。

「間違いない、あいつだ」

秀太が辰吉に囁いた。

二人は息をひそめて、じいっと見守る。

女たちも言いつけてあった通りに、奥に秀太と辰吉が潜んでいるような素振りは微《み》塵《じん》も見せない応対をする。

「旦那が渡した薬が効いていますね」

辰吉はにやりとして言った。

二人の視線の先で、男は襟をだらしなく広げ、片足を椅子の上に乗せ、むこうずねの汚い毛を見せている。

しかしその目は落ち着きなく瞬きを繰り返し、いらいらと通りを見渡していたが、女が酒を運んで来ると、女にきまり悪そうな笑みを浮かべ、

「酌はいい」

女を遠ざけた。そして、自分の盃と浪人の盃に酒を満たすと、ぐいと一息に呑んだ。

そうしてもう一度銚子を握った時、浪人の手が伸びてきて、男の手首を鷲づかみにした。

「ふらふらと出歩くのは今日を限りだぞ、いいな」

白目の大きい目で浪人は言った。

「堀川《ほりかわ》さん、わかってますって」

男は下卑《げび》た笑いをしてみせるが、堀川と呼ばれた男の表情は硬く、

「また何かやらかして足がついたらどうするんだ」

威嚇《いかく》するような底力のある声で叱責《しっせき》し、

「お前の軽はずみな行動は、あの人の耳にも入っている。甘くみると痛い目にあうぞ」

男の手首を持つ手にもう一度力を入れて言い、それからその手を解いた。

「ふっ」

男は息をついたがそれで懲《こ》りたといった風もなく酒を注ぐと、

「しかし、いつまで閉じこもっていればいいんだ、堀川さん。あれからもうふた月、ほとぼりはもう冷めちまってるんじゃねえのか」

チラと浪人に目を流して酒を流しこんだ。

「馬鹿者……大きなヤマを踏んでるんだ。役人を甘くみるんじゃねえ。お前が捕まれば俺もあの人もどうなるか……いいかハン公、お前がこれ以上いう事を聞かないというのなら」

浪人はハン公と呼んだ男を睨み据えると、腰の柄頭《つかがしら》に手をやった。

奥から見ていた秀太と辰吉は顔を見合わせる。

「辰吉、ハン公と言ったな」

「へい、それにやつらは、何か大きなヤマを踏んでますぜ」

辰吉は目を光らせて秀太に頷いた。

五

「まあそこに座ってくれ」

一色弥一郎は、やってきた工藤豊次郎と亀井市之進に、顎をしゃくって座を勧めた。

二人は一色の側に座っている平七郎をちらりと見ると、不快な表情を浮かべながら並んで座った。

「他でもない、少し聞きたいことがあって来てもらったのだ」

「なんでしょうか」

市之進が言った。声音には不満そうな色が窺える。一色にではなく、側にいる平七郎に向けてのものに違いなかった。

なにしろ平七郎が橋廻りになってからというもの、多くの事件が定町廻りの自分たちの手によってというよりも、平七郎と秀太の力によって決着をみている事が多く、二人の橋廻りに対する対抗心が言動に表れたようだった。

一色はそんな事は百も承知だ。

「ふた月前に起きた山城屋《やましろや》殺害の一件だが、その後何か進展があったのか?」

何くわぬ顔で二人に訊いた。

山城屋殺害の一件とは、一色の話によれば、幸町の綿繰問屋山城屋五兵衛《ごへえ》が、夜道で何者かに襲われ、殺されたばかりか持参していた二百両という大金を奪われた事件のことである。

五兵衛は評判の数寄者《すきもの》で、中橋広小路町にある骨董屋の『珍品堂《ちんぴんどう》』の主から、白山《はくざん》と呼ばれる貴重な高麗《こうらい》青磁の逸品が手に入ったとの知らせを受けて、それを買い取るべく珍品堂に向かう途中の災難だった。

その事件が、平七郎が秀太から報告を受けた〝ふた月前の大きなヤマ〟ではないかと、一色は言ったのである。

一色は平七郎に借りがある。平七郎が調べて欲しい、力を借りたいと言ってくれば嫌とは言えないのである。

しかし一色は、山城屋の事件については詳細は知らなかったのだ。下手人が捕まったという話も聞いていなかった。

そこで探索の進展具合を定町廻りの二人に訊いてみようということになり、市之進と豊次郎を呼びつけたのだ。

「その後手代の弥助《やすけ》が殺されまして、手掛かりを失い調べは頓挫《とんざ》しています」

市之進は言いにくそうに告げた。

「弥助というと？」

一色は険しい目で二人を見た。焙烙《ほうろく》で豆を煎っている時の一色ではない。平七郎の前でいいところも見せたいからなおさらである。

「生き残った五兵衛のお伴です。五兵衛が賊に刺し殺されるのを間近に見ていまして、我々もいろいろ訊いていたのですが、ひと月前に鉄砲洲の波除稲荷《なみよけいなり》の林の中で殺されておりまして」

「何……お前たちは、手配りを抜かったというのか。狙《ねら》われるのはわかっていた筈だ」

一色らしからぬ冴《さ》えた言葉が二人の頭上に落ちた。

二人は顎を引いて目を伏せると、ちらりと見合わせた。不満そうな目の色だった。

「弥助から聞いた話を教えてくれないか。何でもいい」

側から平七郎が言った。

「…………」

二人はまたちらと視線を交わしただけで返事がない。すると一色が怒気を込めた声で言った。

「聞こえなかったのか、立花に説明してやってくれ」

「はっ、しかし一色様、立花は橋廻り、このような事で」

「それがどうかしたのか？」

「いえ」

「橋廻りの立花に対抗心を持つぐらいなら、もう少ししっかりしろ。これ以上失態を重ねるようなら、定町廻りから外されることもある」

「一色様……」

二人は媚《こ》びるような笑みを浮かべると、不承不承《ふしょうぶしょう》だが平七郎に話し始めた。

山城屋の五兵衛が襲われたのは夜だったが、提灯を提げていた弥助は賊の二人を見ていたのだ。

弥助は調べに当たった二人に、賊は一人は浪人で、もう一人は総髪の町人だったと告げた。しかも浪人が金を奪って逃げる時に「急げ、半次郎《はんじろう》」と叫んだというのである。

――半次郎……。

平七郎は秀太から聞いた、ハン公という名を思い出していた。与七と喧嘩した男は、堀川という浪人からハン公と呼ばれていた――。

「ですが、わかったのはそれまでです」

「人相風体も定かではありません。賊の二人は顔下半分を手ぬぐいで覆っていたといいますから」

豊次郎と市之進は交互に言った。

「二百両か、大金だな」

平七郎は言い、じっと豊次郎と市之進の顔を見ていたが、

「工藤さん、亀井さん。山城屋五兵衛襲撃は、五兵衛が二百両の大金を持っていたことを知っている者の仕業ではなかったのか」

二人を代わる代わる見て尋ねた。

「むろん俺たちもそう考えた。ところが知っていたのは、山城屋本人と手代の弥助だけだったのだ」

「珍品堂は調べたのか？　調べの対象から外すわけにはいくまい」

「ぬかりはない。確かにあやしい筋は出てきたのだが、後の祭りだったのだ」

豊次郎が言った。

「後の祭りとはどういう事だ」

「前夜に珍品堂には泊まり客があった。二人連れの修験者で、店に立ち寄った際、宿がとれないなどと言ったために、親切心で泊めてやったというのだが」

「何故その者があやしいと？」

「珍品堂はその者たちに、例の高麗青磁を見せてやり、明日の夜には山城屋に二百両で渡すことになっているなどと話してやったというのだ。山城屋が金を持って外出す

るのを知っている者は、珍品堂の主の他にはこの者たちしかおらなかったという事だ」

だが、泊まり客二人は修験者だった。賊は浪人と町人である。

工藤たちは修験者と賊の繋がりは低いとして、修験者の行方は追っていない。

「ただ……」

市之進が思い出したように言った。

「山城屋の襲撃を見たという者が、一度奉行所までやって来たという話は聞きました」

「誰ですか、その者は？」

「職人だったようです。桶職人とか言ったそうですが、名前は名乗らなかったようですから」

――桶職人……。

八丁堀の河岸で泥酔して亡くなっていたのも桶職人だったと、ふと思った。

「亀井さん、その者の言うことを詳しく聞こうとする者がいなかったのですな」

もしやと思って聞いてみたが、亀井市之進はこっくりと頷いた。とるに足らない情報と見たらしい。しかし市之進は手落ちと認めたくないらしく、

「わかっているのはこれで全てです」

事も無げに言った。

探索の不備を恥じ入る様子もなく、もういいでしょうかと二人は一色に退出を乞《こ》い、逃げるように部屋を出て行った。

「まったく、あれで定町廻りとはな。やはり立花、定町廻りにお前が戻らねば心許ない。なに、わしはしかるべきところにそう言っておるのだが、一向にらちがあかぬ」

一色はぼやいてみせたが、そもそも平七郎が橋廻りに追いやられたのは一色のせいなのだ。

ただその事が平七郎への弱みとなっているのは明白で、平七郎に頼まれれば一色は今回のように協力せざるを得ないのだった。

つまり一色は根っからの悪人ではない。こ狡賢《ずるがしこ》いのだ。

もっともらしいことを並べてみせる一色の部屋を、平七郎はまもなく退出して玄関に向かった。

秀太とおこうが玄関前で待っていた。

「何か手がかりがありましたか」

秀太が言った。

秀太はあれから辰吉と二人で堀川という浪人と、ハン公なる男の行方を尾けている。

二人は本湊《ほんみなと》町の仕舞屋に入ったが、それ以来外に出て来ることはない。ひっそりと息を潜めて暮らしている。

与七の一件だけなら直ちにその仕舞屋に踏み込む事も考えたが、別の大きなヤマを踏んだと知った以上、小さな手柄に目が眩《くら》んで大魚を逃がすことにもなりかねないと秀太は考えた。

そこで辰吉に仕舞屋を張り込ませ、平七郎の考えを聞くために戻ってきたのである。

おこうはおこうで、事の進展を知るためにやって来ていたのだ。

平七郎は二人に、山城屋事件を掻い摘《つま》んで話した。

「秀太、堀川という浪人とハン公という男は、山城屋を襲った者たちに違いあるまい」

「そうですね。私もそう思います。山城屋さんを襲った下手人の浪人が、仲間の総髪の男を半次郎と呼んだということですが、半次郎とはハン公の事ですね、きっと」

おこうが言った。

「ただ、二人が、あの人と呼ぶ黒幕を押さえねば……そのためにはまず、堀川とハン公が下手人だという確かなものをつかまねば……そこでだ」

平七郎はおこうを見た。

「すまぬが、この間泥酔して死んだ桶職人の以蔵の近辺を調べてくれぬか」

「先ほどの話の中に出てきた、山城屋殺しを見たとお奉行所を訪ねてきた人ではなかったか、そういう事ですね」

「そうだ」

「お任せ下さい」

おこうはぽんと胸を叩くと、

「じゃあこれ、与七さんの袋を売ったお金です。平七郎様からお渡し下さい。全部売れましたよ、元気出して下さいって……」

平七郎に巾着を渡して引き返して行った。

形の良いおこうの後ろ姿を見送ってから、秀太に言った。

「秀太は辰吉と仕舞屋を引き続き見張ってくれ」

「ご覧の通りの有様です。どこをほっつき歩いているのか知りませんが、また酔っぱらって喧嘩でもしやしないかとはらはらしてますよ」

大家の金五郎は、与七の家の中に平七郎を案内すると、主のいない部屋の中を見て眉を曇らせた。

「ふむ……」

平七郎はひんやりとした家の中を見渡した。

さしたる変わりもない長屋だが、手前の板の間も、その奥の畳の部屋も、出来上がった袋物や袋に仕立てる様々な美しい布や、束になった組紐《くみひも》など整頓されて置かれていて、与七のこれまでの暮らしが垣間《かいま》見えた。

とても酔っぱらって喧嘩をするような男の家ではなかった。

ただ、作業台に裁《た》ちかけた更紗の切れがそのままに放置されていて、作業台そのものも埃《ほこり》っぽく、袋を作る時には必ず火を入れるコテを温めるための火鉢も冷え冷えとして、長い間与七が仕事をしていないことを証明していた。

「それじゃあ私はこれで」

金五郎はそう言うと引き返して行った。

だるま長屋のこの家は、戸口の障子に西日が当たっている。そのこぼれた頼りない光が、戸口の隙間から静かに差し込んでいた。

「お前、駄目じゃないか、こんなに汚して！」

長屋の路地で子を叱る若い母親の声が聞こえてくる。

一人二人と夕暮れが近づくにつれ、長屋に人の気配が多くなるのを平七郎は耳朶《じだ》に捉えながら与七の帰りを待った。

生気のない顔で与七が肩を落として帰って来たのは、長屋の表が静かになった夕食時だった。

「旦那」

与七は薄暗がりの中に平七郎の姿を見て驚いた顔をした。

「どこに行っていたんだ」

慌《あわ》てて行灯《あんどん》に灯を入れ、神妙な顔をして座った与七の顔を見た。

「へい……」

与七は頭を下げたが、また力なく頭を垂れた。

「何をやっているのか知らぬが、お前は、お前を案じてくれている人たちの心を無にするのか」

平七郎は、おこうから預かって来た袋を与七の膝前に置いた。

「おこうからだ」

「おこうさん……」

　はっとした顔を与七は上げた。

「そうだ、お前に立ち直って貰おうとお前の袋を売った金だ」

「…………」

　じいっと袋を与七は見詰める。

「もう一度金をつくって袋物屋の店を出すのが夢ではないのか」

「…………」

「気の毒に思って、みながお前の袋をひとつでも多く売ろうとしている時に、お前はなんだ。見れば仕事もしていないようではないか」

　平七郎は、ちらり作業台に目を遣った。

「せっかく秀太がお前と喧嘩をした男を突き止めたというのに」

「旦那……」

　与七は顔を上げて平七郎を見た。

　だが、

「そうですか、お手数をかけまして」

　口では礼を述べるのだが、その心は、どうやらここにあらずという体《てい》である。

「どうした、嬉しくないのか」

「…………」

「ただし、相手が十五両出せるかどうかは、これからの話だが」

「旦那、もういいんです。十五両、戻ってきたところで、どうなるものでもありませんや」

やけっぱちな物言いをする。

「女か……女のことで捨て鉢になっているのか、与七」

「だ、旦那」

初めて与七の頬に表情が戻った。うろたえた目で平七郎を見返した。

「お豊というひとの行方を捜して、それで仕事もせずに、そうなんだな」

「せめて、せめてお豊さんがいれば、そう思って……」

そう言って与七はまた肩を落とす。

「だが、お豊はお前に行き先を告げずに引っ越して行った」

「旦那、旦那はそれをどうして？」

驚く与七に、平七郎は大家の金五郎に話を聞いた後、彷徨《さまよ》う与七が気になってお豊が住んでいた長屋を訪ねたことを打ち明けた。

「お前にも心当たりがないらしいな」

「へい。旦那、あっしもお豊さんと初めて会った京橋に何度も足を運んだのですが……」

弱々しく頭を振った。

「京橋だと？」

「へい。忘れもしねえ、一年前のことでした……」

与七は、京橋の南にある丸太新道の小間物問屋に袋物の品を納めての帰りに、橋の上ですれ違った女に一瞬にして心を奪われた。

豊かな黒髪をたわわに結い上げ、山吹色地の縦縞《たてじま》の小袖に鶯色《うぐいすいろ》の帯を締め、蹴出《けだ》しから白い足をちらりと覗かせて、与七が渡って来た南袂に下りていったのである。

すれ違う時に微《かす》かに白粉《おしろい》の香りがしたようで、それもあいまって与七は振り返って女を見ずにはいられなかった。

だが、与七は見返した瞬間、驚きと戸惑いで動けなくなった。

相手の女も立ち止まってこちらを見ていたからである。

与七の頭は思考が停止したようだった。ただ心の臓だけが激しく打つのが耳に聞こえて突っ立っていると、女が近づいて来て微笑《ほほえ》んで言った。

「もしや、両国の袂でお店を出している袋物屋さんでしょうか」

思いがけない言葉をかけてきた。袋物屋さんとは大げさな、まだ立ち売りの身分なのにと照れくさく思いながらも、

「そうです」

こくんと与七が頷くと、女は胸元から縮緬地の紙入れを出して見せた。

「これは……」

与七は驚いて女を見た。紙入れは与七の作だったのだ。

「とても気に入って使っています。紅入れと紅筆入れや楊子入れもついていますでしょう」

女は嬉しそうに言い、

「友達と一緒にひと月前に買ったんですよ。でも覚えてないでしょうね、私のこと」

くすりと笑った。

与七は覚えていなかった。両国は流石《さすが》に人の往来も多く、与七が立ち売りをしている店《たな》に人の垣ができるのは珍しくない。

そんな時には一人一人とじっくり話をする暇《ひま》もなく、品物の説明をするので精一杯だ。

答えに窮《きゆう》する与七に、女は名をお豊と名乗った。

むろん与七も名を名乗った。それればかりか、つい、袋物専門の店を作るのが夢で、この橋の南袂の小間物問屋に品物を入れているが、自身も折々に両国橋や日本橋で袋を売っているのだと話した。

初対面の女だったが、なぜか気がついたら、そんな大望までしゃべってしまっていたのである。

お豊さんのようなひとに使って頂いて光栄です、などと歯の浮くような言葉も並べていた。

「私も、こんな素晴らしい紙入れを作るおひとに会えてうれしいです」

お豊のそんな言葉も決してお世辞とは思えなかった。

しかもお豊は、袋物を作る手伝いをさせて下さいなどと言い、ある日突然だるま長屋に現れて、それからは料理屋勤めに行く夕方までの時間、与七を手伝ってくれたのだった。

そのお豊が、与七に何も言わずに長屋を引っ越して行ったのである。

「旦那……」

与七は視点の定まらない目を向けると、

「あっしは、お豊さんと所帯を持つつもりでした。ですから、袋物屋の店を出せたら、お豊さんの気持ちを確かめるつもりでした」

与七は深いため息をつき、

「それが突然……何かあったんじゃないかって」

不安な目をして平七郎を見た。

六

辰吉と秀太が張り込んでいる本湊町の仕舞屋に動きがあったのは、数日後の八ツ(午後二時)過ぎだった。

番頭らしい風格をした太った男が、町駕籠《かご》を従えてやって来ると、駕籠で運んで来たものを家の中に運ばせた。

酒樽やら野菜やら、どうやら食料を運んで来たようだった。

太った男はそれで駕籠屋を帰し、自身は家の中に入って行った。

「秀太の旦那、奴はきっと『真砂屋《まさごや》』の人間ですよ」

辰吉が言った。そう言いながら辰吉は握り飯をむしゃむしゃやっている。これだけ長い張り込みになると風呂に入ってないのはむろんだが、食事も不規則で、まるで浪人と宿無しのような風情である。

しかし二人の胸には、大きな事件に果敢に立ち向かっているという自負があった。

交代で仕舞屋を見張りながら、この仕舞屋がもとはさる旗本の別宅だったのを、本《ほん》材木《ざいもく》町五丁目にある唐物商の真砂屋が買い取っていることを調べ上げていた。

真砂屋は大通りに面した場所に店を構えてはいるが、間口は三間ほどでけっして大きな店ではない。

主の名は仁兵衛《にへえ》というらしいが、店の外から覗くかぎり、客もたまさかで主が店に出ているようには見受けられない。

ただ、人の噂では、真砂屋の客は旗本や大商人が多く、そこには仁兵衛自ら足を運んで商いしているというのである。

そうした商いで手に入れた別宅は御府内でもあちらこちらにあるというのだから、その手腕のほどが窺える。

堀川という浪人と、与七と喧嘩したハン公という男と、真砂屋がどう繋がっているのか、調べはそこに集中していた。

「待ってくれ、番頭さん」

太った男が仕舞屋の玄関から出てくると、それを追っかけてハン公が出て来て呼び止めた。

「旦那に言ってくれねえか。上方《かみがた》に行ってもいい、だが、はした金じゃあ手は打てねえってな」

「あんた、旦那を脅す気かね」

太った男がハン公を睨む。

「脅されてるのはこっちじゃねえのか、綱蔵《つなぞう》さんよ……そうだろ。旦那の言う通りに働いた俺たちが、女もいねえ、博奕もできねえこんなところにとじこめられて、まだ金も貰っちゃいねえんだぜ」

「だからもう少し待てと」

「聞き飽きたんだ、その台詞はよ。それより、約束どおり金をくれるのかくれねえのか、そこが肝心だ。金もくれねえで、いつまでもここに閉じこもっていろというのなら、俺にだって考えがあるってもんだぜ」

ハン公は、太った綱蔵という男の胸ぐらをつかんだ。

「止せ、ハン公」

背後から、浪人の堀川が言った。玄関先の騒動を聞きつけて出て来たらしい。

「わ、わかりました。だ、旦那様には伝えますから」

綱蔵が声を上げると、ハン公は手を放して、

「初めからそう言えばいいんだって。頼んだぞ」

冷たい笑いを投げつけて家の中に入って行った。

綱蔵は苦々しい顔で襟を直すと、

「堀川様……」

ハン公が消えた家の中を顎で指し、

「いずれまた……」

険しい目で頷いた。

綱蔵は堀川が家の中に消えるのを見届けてから仕舞屋を出た。

「俺が尾ける」

秀太は辰吉にそう言うと、綱蔵の後を尾けた。

綱蔵は案の定、本材木町の真砂屋に帰って行ったが、すぐに出てきて、駕籠に乗った。そしてなんと永代橋を渡って深川の佐賀《さが》町にある二階家の前に下り立ったのである。

そして、二階から顔を出した美しい女に、こう言ったのである。

「お豊さん、旦那様は来ておりますか」

女は、こっくりと頷いて部屋の中に消えた。

すると綱蔵も、格子戸を開けて家の中に入って行った。

――お豊さんだと……。

秀太は首を傾げた。

まさかと思うが、与七が惚れてる女もお豊という名前だった。

平七郎から話を聞いている限り、お豊は美しい女だと聞いている。いま見た女も色が白く、目鼻の整った魅力的な女だった。

――とはいえこの家のお豊は、真砂屋の囲い者ではないのか……。

与七を連れてきて首実検すればわかることだが、それも酷な話で出来かねる。

思案していた秀太だが、やがて小さく頷くと、そっと家を離れて踵《きびす》を返した。


「何、お豊が真砂屋の囲い者になっているだと」

平七郎は、だるま長屋の金五郎を連れて入って来た秀太の言葉を聞くと驚いて金五郎を見た。

おふくの店は混み始めていて、誰も平七郎の声を気にかける客などいなかったが、平七郎は声を潜めて金五郎に聞いた。

「確かめたのか……」

「はい」

金五郎は気の毒そうな顔で頷いた。

「間違いなく、お豊さんでした」

「与七に確かめさせるのは酷だと思いまして、金五郎さんに見てもらったのですが」

秀太は連れてきた金五郎を見遣った。

「囲い者というのも間違いないのか」

「はい。旦那は真砂屋の仁兵衛、意外でした」

「すると、お豊は、与七と喧嘩した相手を匿っている男のものになっているというのか」

「私も真砂屋さんは良く知っております。間違いはございません」

金五郎は二の句も継げられぬといった顔をして、

「まったく、思いもよらぬ事でした。真砂屋の仁兵衛さんは与七さんの作った煙草入れや火打袋が気にいったと言いましてな、友人知人にも配ってやりたいなどと言い、たびたび注文などして、与七さんの家にやって来ていたのですから」

「ふむ」

「ただそれも、与七さんの家にお豊さんが来ている時を狙っての事……私にはそう見えていました」

「お豊目当てに袋を買いに来ていたのか」

「はい。ところが与七さんは、あのとおり純情ですからね、少しも気づいていなかったんです。ですから私は、お豊さんがいなくなったと聞いた時、もしやと思わないわけでもなかったんです。与七さんに行き先も告げないで去って行くなんて尋常じゃありませんから。ですから私は与七さんには、もうお豊さんの事はすっぱり諦めなさいと言ってやったこともあるんです」

困ったことになったものです、こうなったら出来るだけ早く真実を与七さんに告げてやった方がよいのかもしれませんがと、金五郎は大きなため息をつき、私に何か協力出来ることがあればお申しつけ下さいませ。私は少し寄るところもございますのでこれで失礼しますと店を出て行った。

「平さん、どう思います……山城屋を襲ったと思われるのが、浪人とハン公なら、真砂屋仁兵衛の命令で襲わせたということになるんでしょうが、それではつじつまが合いません。仁兵衛が山城屋のことを知っていれば別ですが、これまでの調べでは、山城屋と真砂屋の繋がりはありません。しかも高麗青磁の逸品を買い取る金二百両を山城屋が携えているなんてことは、余程近しい者でなければ知り得ないことではありませんか」

秀太は思案の顔で言った。

「たしかにそうだな。事情を知ったものの仕業という事になれば、今のところ珍品堂という事になるが、珍品堂は取引の相手だった。大きな商いをふいにした当事者だからな」

「するとですよ。珍品堂に前夜泊まったという流れ者の修験者ということになるのですが、しかしその者たちは行方知れずですし、実際襲った者は、あの浪人とハン公です……ああ、ったく、頭がこんがらがってきましたよ」

「秀太、それが狙いじゃないのか」

「狙い……」

「そうだ、定町廻りもそれに引っかかって手詰まりになったのだ。俺が調べ直したところでは、修験者は確かに泊まっていたらしい。証言する者は何人もいた。だが、事件が起こる日の朝に出立しているのだ。そんな人間を事件が起こったあとで調べたところで、見つかる筈《はず》もない。見つからぬからこそ、修験者をさも関係があるかのように話に出したのだ。一所不在の者たちに疑いを持たせれば、当の下手人たちは奉行所の探索の目から逃れられる」

「ちょ、ちょっと待って下さい。するとなんですか、珍品堂も一役買ってる、そういう事ですか」

「証拠はないが、そうとしか考えられぬ」

「………」

秀太は腕を組んだ。

「平さん、すると、珍品堂と真砂屋仁兵衛の繋がりが証《あか》されれば……」

しばらく考えてから秀太が言った。

「そうだ、そういう事だ」

平七郎が秀太に頷いた時、

「やっぱりここだったのですか」

おこうが入って来た。

「まあ、おこうさん、お久しぶり」

酒のお代わりを運んできたおふくが言った。

「すみません、さっき張りこんでいる辰吉のところに寄ってきたのですが、おにぎりを差し入れして下さったって喜んでいました」

「源さんに届けて貰っているんです。このくらいしか平七郎様のお役にたてなくって」

おふくはそう言うと、すぐにお茶をお持ちしますねと板場に引き上げて行った。

「平七郎様、たいへんな話を聞いてきましたよ」

おこうは昂揚《こうよう》した顔でそこに座ると、

「桶屋の以蔵さんは殺されたのかもしれません」

平七郎を、そして秀太をきっと見た。

「詳しく話してくれ、待っていたんだ」

「はい、以蔵さんの飲み仲間に松吉《まつきち》さんという大工がいるのですが、その松吉さんの話によれば、ひと月ちかく前のことですが、以蔵さんは北町奉行所を訪ねて山城屋殺しの下手人を見たって伝えて来るって言ってたそうですよ」

「まことか」

平七郎は秀太と顔を見合わせた。

「でもお役人には会えなかった……」

がっかりして以蔵は帰って来たらしい。

それで松吉は以蔵から下手人の話を聞くことになるのだが、以蔵の話では、下手人の一人は浪人で、もう一人は半次郎と呼ばれていた総髪の、目の下に痣のある遊び人風の男だったと。

「平さん」

秀太が思わず声を上げた。

「よし、後は先ほども言ったように、珍品堂と真砂屋との繋がりを調べあげればお縄に出来る」

平七郎は、盃にあった酒を飲み干して立ち上がった。

七

その日お豊が外に出てきたのは八ツ過ぎだった。飯炊きに使っている初老の女に何かを言いつけると、一人で家を出た。

どうやら今日は、旦那の真砂屋仁兵衛は来ていないらしく、飯炊きと言葉を交わしたお豊の顔には、どことなく解放されたものが窺えた。

遠目にもお豊は目尻がすっと切れ上がった美人だった。与七が舞い上がるのも納得がいくと後を尾けながら平七郎は思った。

お豊は一人の時間を楽しむように、家を出ると永代橋を横目に見て相生町《あいおい》から東に折れ、富岡八幡宮《とみおかはちまんぐう》に続く馬場通に入った。

日は暖かく風は爽《さわ》やかだった。沿道のあちらこちらには焼蛤《はまぐり》の立ち売りや、飴屋やせんべい屋、それに端切《はぎ》れ屋など様々な立ち売りが行き交う人々に声をかけて商っている。

お豊はゆっくり歩を進めながら両脇の物売りの様子を楽しんでいるようだったが、袋売りの前で一瞬立ち止まった。

お豊は、吸い寄せられるように袋売りに近づいて、品物に手を伸ばした。だがすぐに思い直したように品物を置き、思い詰めたような顔を上げた。平七郎はこの時、お豊をどこかで見たような感じがした。

また歩き始めたお豊の寂しげな背中を見て、あっと気づいた。

半月ほど前に呉服商丸屋からの帰りに見た女は、お豊ではなかったかと思い当たったのだ。雨の降る京橋の上で、赤い二布から白い足を出し、じいっと平七郎がいる橋の袂を見詰めていた女——。

平七郎はあの時、女が自分の方を見ているのだとばかり思っていたが、あれがお豊であれば、その視線は平七郎の背後に見えていた小間物屋伏見屋と、そこにいるかも知れない与七の姿を見ていたに違いない。

平七郎は足早にお豊に近づくと、お豊を呼び止めた。

お豊はびっくりした顔で立ち止まった。

「他でもない、与七のことだが」

平七郎は近くのしるこ屋にお豊を誘うと、そう切り出した。

「与七さんのこと……」

「そうだ、与七はあんたが黙って姿を消してから仕事が手につかず、酒を飲んで大喧嘩をし、三十両もの大金を弁償するはめになったのだ」

平七郎は、これまでの経緯をお豊に話した。

お豊は黙って聞いていたが、

「私、どうすれば良かったのでしょうか……」

涙で膨れあがった目を上げた。

「あんたを責めているのではないぞ。あんたが、どれほど苦しんだか察しはつく」

「言えなかったんです、与七さんに……妾《めかけ》奉公するなんてとても」

「与七はあんたが抱えていた事情を知らなかった、知っていればああは落ちこまない」

「ええ……でも、訳を話したところで与七さんを裏切ることに変わりはありませんから」

お豊は呟いた。

「事情は聞いている」

「私がこうするほか道はなかったんです。人を介して真砂屋から話があった時、兄はすでに借金先に返済のめどがついたと知らせていたのです。おとっつあんにしたってそうです。首が回らなくなっていました」

「……………」

「与七さんと一緒になりたい。一緒になれないんなら死んでしまいたい。この身の不運を恨めしく思いましたが、おとっつあんと兄さんを恨むことは出来ませんでした」

お豊は唇を噛んだ。

兄が遊びの道に足を踏み入れたのは、ひとつには父親の厳しさがあったことをお豊は知っていた。

大工の棟梁《とうりょう》として自分の跡を継いでもらおうと考えていた父親は、他の弟子の前でも兄を容赦なく叱《しか》りつけた。

その激しい叱責をお豊は側で何度も見ている。

みんなの前でたびたび恥をかかされた兄は、耐えられなくなって悪所に走ったのである。

だがその兄にも父親にも、お豊は可愛がって貰っている。

幼い頃に、近所の悪ガキからいじめを受けていたお豊を、庇《かば》ってくれたのは兄だったし、熱を出したお豊を背中にしょって町医者に走ってくれたのは父親だった。

たくさんの借金を抱え、他人から忌み嫌われているような父や兄も、お豊にとってはかけがえのない家族だった。

「すまねえお豊……」

借金取りを土間に置いて、お豊に手をつく兄や父親の頼みを、自分の幸せと引き換えに断ることがお豊には出来なかったのである。

結局真砂屋の申し入れを聞き入れて、お豊は妾奉公することにしたのであった。

「与七さんのことは、たったひとつの、私の幸せな思い出でした。その思い出があれば生きていける。与七さんの成功していく姿を遠くから見ることで自分を支えられる、そう思ったのです」

「………」

平七郎は返してやる言葉が見つからなかった。何を言っても慰《なぐさ》めにはならないと思った。

ただ、与七を立ち直らせるためには真実を話してやるほか方法がないと考えていた。

人は己が不幸のどん底に今いるのだと悟った時、その時から、気持ちを反転させて新たな光に向かって歩けるようになるものだと平七郎は思っている。

町奉行所の同心をやっているお陰で、様々な人生に関わり、この目で見て来た経験が、与七には酷だが真実を知らせることこそ次の一歩の始まりだと思っている。

――ただ……。

あの純朴で無鉄砲な与七に、どうやって伝えるかだ。

「立花様」

じっと話を聞きながらも思案を重ねていた平七郎をお豊が呼んだ。

「私、折を見て与七さんにお話しします。出来るだけ早くそうします」

お豊は言った。声が震えていた。平七郎を見詰めた双眸《そうぼう》には涙が溢れていた。

「お豊……いいのか」

労《いたわ》らずにはいられない平七郎である。

お豊は、決心した光る目で、こっくりと頷いた。

「そうか、その時は俺もつき合おう。言ってくれ」

「はい……」

小さな声でお豊は言った。

「あんたが抱えていた事情を知れば与七も考えが変わる筈だ。立ち直れる筈だ」

「はい」

「そしてお豊、お前もきっと、別の道が開けるかもしれぬよ」

だがお豊は激しく首を振って否定した。

「お豊、これはただの慰めで言っているのではないぞ、実はな、お前を呼び止めたのは、もうひとつ聞きたいことがあったのだ」

平七郎は、お豊の旦那真砂屋の仁兵衛は、珍品堂の主と繋がりがあるのではないか、知っていれば教えてほしいと言った。

「珍品堂……」

お豊の顔に動揺が走った。

その顔をじっと見詰めて平七郎は訊いた。

「あんたには嫌な話に違いないのだが、旦那の仁兵衛は、先にも話した通り与七の喧嘩の相手を匿っているばかりか、ある殺しに関わっているのではないかと俺は疑っている。その殺しというのが珍品堂に関係のある話なのだが、仁兵衛との繋がりがはっきりすれば殺しの下手人は明らかになるのだ」

「…………」

お豊は俯いて黙った。

「知らぬか……それとも旦那を売る真似は出来ぬか」

「いいえ」

お豊はしばらく考えたのち頭を上げた。

「珍品堂さんは、旦那様から多額の借金をしているようです」

「何……」

「何度か別宅にも旦那様を訪ねて来ています」

お豊は言った。

三日前の夜にも珍品堂はやって来て、二階の座敷にお豊がお茶を運んで行くと、

「お前はここはいいから、呼ぶまで来なくていい」

お豊は遠ざけられたのである。

しかしお豊は階下に下りようとして階段に足をかけたが、聞こえてきた仁兵衛の言葉に足を止めた。

「ほとぼりが冷める頃だと思ったら、まだ役人がうろちょろしているらしい。ぬかりのないようにせねば、あんたも私もこれだ……それを言っておこうかと思ってね」

睨みをきかせた声だった。

すると珍品堂が言った。

「心配はいりません。たまたま泊まった修験者二人に、濡れ衣を着せておりますからね。あの二人は一所不在の者、調べようがありません。私の思惑はうまく運びました」

「油断は禁物だ。私も最後の始末をどうしようかと考えているところだが、しばらく手荒な金稼ぎはよそう」

「承知しました。数寄者にはあの茶碗はよだれが出るほど欲しい筈ですから、またきっと大きな商いがまとまるはずです。その時にはよろしくお願いいたします」

お豊は、二人の会話に人には知られたくない、黒い秘密めいたものがあることに気づいていた。

恐ろしくなって二人に気づかれぬよう階下に下りたが、しばらく動悸がしてじっと蹲《うずくま》っていたのである。

「立花様」

お豊は、そこで話を終えるとあたりを見渡してから声を潜めて言った。

「珍品堂さんが帰ると旦那様は私に恐ろしい顔でこう言ったのです。いいかね、珍品堂がここに来ていることは他言せぬようにって……私その時の旦那様の顔を思い出すと恐ろしくて誰にも言えなかったのですが」

「あら、まだここで待ってたんですか」

小料理屋松屋《まつや》のおみつという女中は、暗闇の中に蹲っている与七を見て、びっくりした声を上げた。

与七は夕刻に南八丁堀にあるこの松屋にやって来て、真砂屋の仁兵衛が取引客を接待している事をおみつに訊いて突き止めている。

店の名を教えてくれたのは真砂屋の者だった。

与七は大家の金五郎を問い詰めて、お豊が真砂屋の囲い者になっていることを聞き、いてもたってもいられなくなって真砂屋の店を訪ねたのだった。

だが店には仁兵衛はいなかった。

与七はそういう時のために、あらかじめ考えていた嘘話を店の者にしたのである。

「あやしい者ではございません。旦那にすぐに届けるように言われている品が出来上がりまして」

与七は、ちらと懐から紙入れを出して見せ、旦那が留守だった時には店の者に行き先を聞き、そこに持って来るように言われていると告げたのである。

それでなんなく店の者は仁兵衛の行き先を教えたのである。

しかし、松屋の者が仁兵衛が来ていないと言えば、与七になすすべはなかった。

おみつの人を疑うことを知らない対応で、与七はここに来た目的を果たすことが出来そうだった。

もちろん与七は、話を聞くためにおみつに一朱を握らせている。

おみつは悪びれた様子もなく礼を言って掌に握りしめ、あっさりと仁兵衛が中にいることを教えてくれたのだった。

「真砂屋さんに伝えてあげましょうか」

おみつは言い、ちらと後ろの玄関を振り返った。胸に風呂敷包みを抱いているし、前垂れも襷《たすき》もとっているところを見ると、おみつは仕事を終えて帰るところらしい。

「いや、いい、ここで待つよ」

与七は笑顔を作って言った。怪しまれたくなかったし、おみつを巻き込むことはしたくなかった。

「そうお……じゃ、私、もう帰りますから」

おみつはそう言うと、下駄の音を軽やかに鳴らしながら帰って行った。

与七は店から流れ来る薄明かりの中で、おみつを送ると、険しい顔になってまたそこに蹲った。

――許せねえ……。

薄闇の中で呟いた。お豊にも自分にも腹は立つが、金にあかして若い女を妾にする真砂屋が許せなかった。

真砂屋は五十近い男である。娘のような歳《とし》のお豊を蹂躙《じゅうりん》した薄汚い五十男――。

良く見知っているだけに、怒りは尋常ではない。

どうやって相手に立ち向かうかまだ頭の中は混乱しているのだが、飲めない酒をひっかけて来ているから怖いことはない。

やってやろうじゃないかという気に与七はなっていた。

――出てきた。

繰り返し繰り返し真砂屋を呪っていた与七は、玄関を仲居たちに見送られて出てきた仁兵衛の姿をしかと捉えた。

仁兵衛はどこかの客と、番頭の綱蔵と一緒だった。

三人は堀端まで一緒に歩いていたが、町駕籠を拾うと仁兵衛はそれに客を乗せて送り、自分と綱蔵は酔い醒ましでもするように、ぶらぶら河岸を歩いていく。

——よし。

与七は胸をひとつ拳で叩いて、二人に近づいて行った。

楽しそうにしゃべりながら行く二人の背中に、憎しみで一杯の声をかけた。

「真砂屋の仁兵衛さん」

ふらりと真砂屋と綱蔵が振り返った。

「ほう、誰かと思ったら、与七さんじゃないか」

仁兵衛はそう言うと、側の番頭綱蔵と目を合わせて、冷たい笑い声を上げた。

「何がおかしいんですか、真砂屋さん」

「いやなに、なんでもありませんよ。あんたが私を訪ねてくるなんて、なんの用かと思ったんです。そうか、近頃袋を頂きに行っておりませんからな、そのことですかな」

仁兵衛は小馬鹿にしたような口調で言った。

「他でもねえ。真砂屋仁兵衛、お豊を返せ！」

与七はいきなり怒声を浴びせた。

「お豊さん、はて、なんの話ですかな。お豊さんといえばあんた、お前さんのいい人の事じゃありませんか。私が知る訳がありませんよ」

困った人だ、酔っているのかねと、仁兵衛は笑った。

「うるせえ、黙れ。何もかも知ってるんだ。あんたはお豊さんをどこかに連れて行ったんだな、そうだな」

「おやおや」

「おやおやだって……。はぐらかすのは止めてくれ。あんたの下心に気づかなかった俺が馬鹿だったんだが、許せねえ」

「何が許せねえだ。与七さんよ、あんた誰に向かって言ってるんだね。あんたはこちらの旦那様に随分助けて貰ったんじゃないのかね。旦那様があんたの袋を気に入ってどれほど買ってやったことか」

綱蔵が前に立ちはだかった。

「それとこれとは別だ。とんびが油揚げさらうような事をして」

「違うな、それは」

仁兵衛が言った。

「お前さんが知り合う前にあたしはお豊を知ってたんだ。お豊が働いていた料理屋でね、私はずっと前から気に入っていたんだ。そしたら与七さん、あんたの所に通い始めた」

「…………」

「だから袋も買った訳だが、そのお豊が金に困っていると知り、私は助けてやるつもりで来て貰ったのだ」

「…………」

歯ぎしりして睨む与七に、仁兵衛は止《とど》めの一言を平然と言い放った。

「何か勘違いしているようだが、お豊も喜んでいる。思った通り私のいう事をよく聞いて可愛い女になったよ、与七さん」

「黙れ！」

「おや、声が震えているね。与七さん、うぬぼれないほうがいい。お豊の頭の中にはもうあんたのことなど消えています。与七さんは安心して袋師として立つことを考えたほうがいい。そうだ、なんだったらこれまで通り私が後押しいたしましょう」

「う、うるさい！」

与七はぶるぶる震えていたが、何かがぷつんと切れたように目をつり上げると懐から匕首を引き抜いた。

「おや、やるのかえ」

仁兵衛は少しも動じない。皮肉な笑いを浮かべて側の番頭に言った。

「綱蔵さん、少し相手をしてあげなさい」

途端に険しい目をして与七を睨んだ。追い詰められたうさぎを見る蛇のように、仁兵衛の目にはいたぶりの色が見える。

「ちっくしょう」

飛びかかろうとしたその時、

「与七、止めないか！」

平七郎が走って来た。

「立花様」

「馬鹿なことをするな。お前が一人で向かって勝てる相手ではない」

平七郎は与七の匕首をもぎ取ると、お前はそこで待っていろと後ろに押しやり、仁兵衛と対峙した。

酒席を楽しんだ仁兵衛の顔は、てかてかと光り血色も良い。着ているものも絹の上物でどこから見ても押し出しのいい商人だった。

ただ、平七郎に投げた視線は、並の商人にはない凄みがあった。

しかし仁兵衛は、瞬く間に柔和な表情に変え、

「良いところに来て下さいました。言いがかりをつけられて困っていたところでございます」

善良な商人然として言った。

「そうかな、お前は狙われる覚えがあるんじゃないのか」

「な、なんと申されます。あ、あなた様は何ですか、何も知らずに突然に。なんの証拠があっておっしゃるのです」

「旦那様」

番頭の綱蔵が主の言葉を遮ると、

「気になさることはございません。どこかで見たことがあったと思ったのですが、こちらの旦那は木槌の旦那、橋廻りのお方でございますよ」

言葉は丁寧だが、木槌をとんとんと叩く真似をして、にやりと笑った。

「その通りだ。俺は橋廻りの立花平七郎という」

「橋廻りがなんの御用で……」

「お前さんと同様に与七の袋を母親が贔屓にしていてな」

「おや、そういうことで、ご苦労なことでございますな」

「ふっふ、そんな事でわざわざここに来る筈がない。この間この与七を白魚橋の袂で酷い目にあわせた男がいてな、懲らしめてやろうと捜していたのだが、ようやく居場所を突き止めた」

じろりと仁兵衛の顔を見る。

仁兵衛は顔色ひとつ変えずに平七郎を見返した。

「その居場所というのが、真砂屋、本湊町にあるもとは旗本の別宅だったという一軒家だ」

綱蔵の目が主の仁兵衛に動いたが、仁兵衛は相変わらず平然と聞いている。

「尋ねるが真砂屋、その家はお前の持ち物らしいじゃないか。お前が旗本から買い取ったらしいな」

「それが何か」

仁兵衛は薄笑いを浮かべて言った。

「何、お前の持ち物の家にその男と浪人一人が暮らしているのはどういう事かと思ってな」

「立花様と申されましたな。随分と遠回しな言い方をなさるものです。つまり私がその者たちをそこに匿っているのではないかと、こういう事ですな、馬鹿馬鹿しい」

「何……」

「私は、これは調べればおわかりだと思いますが、この御府内にはあの家のように買い取った物件はたくさんあります。その家を留守にしていれば勝手に入って住み着いている者もいるかもしれません。いちいち調べてはおりませんからな」

「ほう、すると、あの者たちとは関係ないと、こう申すのだな」

「どう言えばご納得するのか存じませんが、知らないものは知らないとしか言いようがございません」

「浪人は堀川、総髪の町人はハン公、いや半次郎というらしいのだが……」

きらりと鋭い視線を送った。

「心当たりはありませんな」

仁兵衛は否定したのち、綱蔵に言った。

「番頭さん、本湊町の家に行って、得体の知れない者たちを追い出してきなさい」

「いいのかな」

平七郎は言いながら、ずいと仁兵衛に近づいた。

「なんですか」

「実はある大きなヤマをその二人が踏んでると いう事もわかっているんだが」

じっと睨むと、流石の仁兵衛の顔にもうろたえが見えた。

「そうか、知らないか……それなら仕方あるまい。与七、帰るぞ」

平七郎は、与七の襟首をつかまえるようにして踵を返した。

「だ、旦那さま」

慌てて主を窺う綱蔵の声を背中で捉えながら、

――賽《さい》は投げられた。

平七郎は思った。

八

真砂屋仁兵衛に動きがあったのは、翌日のことだった。

平七郎と秀太が見張る本湊町の家に、あの綱蔵が酒樽と肴を運んで来た。

綱蔵は荷物持ちに連れてきた若造をすぐに帰したが、自分はまだ家の中にいて外に出てくる気配はない。もう半刻にはなっていた。

「しかし平さん、やぶ蛇じゃなかったでしょうか。半次郎たちが大きなヤマを踏んでるなんていえば、仁兵衛はかえって警戒するんじゃないですかね」

秀太は、家の玄関を見ながら言った。

張り込みも半月になる。辰吉と交代で張り込んで来たのだが、心身ともに秀太には疲れが見えていた。

「確かにそういう事も考えられるが、しかし秀太、今のところ俺たちの手にあるのは状況証拠ばかりだ。お豊が見聞したことも聞き違いだ勘違いだと仁兵衛は片づけるに違いない」

「だったら踏み込んだらどうですか。半次郎と浪人を縛り上げて吐かせればいいじゃないですか。あいつらは実行犯なんですから」

「しかしどうだ？　例えば半次郎は仁兵衛が黒幕だとまだ知らないかもしれんぞ」

「番頭の綱蔵は逃げられませんよ」

「仁兵衛はどうだ……肝心なのは仁兵衛にお縄を打つことだ」

「…………」

「お前も疲れて早く決着をつけたいだろうが、もうしばらくの辛抱だ。仁兵衛は必ず動く。それも表に出て来る筈だ」

「確かに、平さんに喉元に剣先を突きつけられたようなものですからね。急いで証拠を消さなきゃならない」

「その通り、秀太、徹底的にこの家を見張ることが解決に繋がるんだ」

平七郎は秀太の背中をぽんと叩いた。

今は橋廻りとはいえ、かつて定町廻りでその名を馳せた平七郎の自信が、慌てず騒がず、今はじっと待つことが肝要だと言っていた。


「しかしうめえな」

ハン公すなわち半次郎は、喉を鳴らして堀川と見合って笑った。

外で同心が見張りを続けているなど知るよしもない半次郎と堀川は、真砂屋の番頭が持ち運んで来た肴と酒に、もう一刻以上も舌鼓を打っている。

「なにしろ灘《なだ》の酒ですからね、おいしくて当たり前です」

綱蔵は顔をほころばせて言い、自分もぐいと飲み干した。

だがその目は半次郎の茶碗を注視していて、半次郎が飲み干すと、すばやく酒樽の口を傾けてその茶碗に注ぎ入れるのだ。

「すまねえな、綱蔵さん」

半次郎は、うっかり零《こぼ》しそうになったよだれを手の甲で拭《ふ》き取るとにやりと笑った。

「なあに、皆さんには不自由をおかけしていますから、うちの旦那様も気になさっているのです。どうぞ存分にお楽しみ下さい」

綱蔵は頭を低くして言うと、黄昏《たそが》れる庭に目をやった。

町屋の中にある旗本が建てた別宅は、瀟洒《しょうしゃ》な造りになっていて、庭には桜や紅葉などの季節を味わえる木が植えられていた。今は深い緑が枝一杯を覆っているが、堀川も半次郎も満開の桜をこの庭で満喫している。

しかも庭の垣根の向こうには海が見えている。絶景だった。今その海が赤く焼けている。

太陽が地平線近くに沈みかけていて、海を照らした夕焼けは、この別宅の庭も赤く染め上げているのだった。

しかし半次郎がこの結構な景色の庭だけで、日々の暮らしに満足する訳がなかった。

博奕を打ち女を抱く。半次郎が生きている実感を味わえるのはそういう時だった。それが半月以上も遠ざかっている。

与七と喧嘩した直後から、堀川に監視される固苦しい暮らしをしてきているのだった。

半次郎は今日も酒をあおりながら、ひとしきり早く自由の身にしてくれなどと綱蔵に愚痴を並べたところであった。

「わかりました、わかりました。半次郎さん、ではこうしましょう。実を言いますと、今夜ここに与七というあの男がやって来ることになっています」

「何だって、あの野郎がここに来る……」

半次郎はろれつの回らない声を上げた。

すっかり出来上がって、半次郎の目は腐った魚の目のように濁《にご》っている。

綱蔵はちらりと堀川と頷きあって冷笑を浮かべたのち言った。

「この間の喧嘩の決着をつけにやって来るんです」

「ちっ、あんなへなちょこ野郎、目じゃねえや」

「はい。半次郎さんは今度こそ思う存分にたたきのめすことが出来ます」

「当たり前だ、勝負は端《はな》からついてらあ」

「そこで……」

綱蔵の語気は急に皮肉っぽいものになり、眼には冷笑が浮かんだ。

「半次郎さんは与七を殺してしまう……」

「なに……」

「そして、半次郎さんも与七にやられちまう、そういう筋書きになっておりまして……」

言い終わるや、堀川が半次郎をあっという間に縛り上げた。

「な、何しやがる」

もがく半次郎に堀川が言った。

「悪く思うな、これもあの人の命令だ」

「ち、ちくしょう。俺とお前は一蓮托生《いちれんたくしょう》の仲だと言ったのは堀川さんじゃねえか」

「ふっふっ、お前は危なくってしょうがない。放って置けばきっと災いになるとおっしゃってな」

綱蔵は慣れた手つきで、半次郎の口に懐から出した手ぬぐいをつっこみ、当て身を食らわすと、堀川と二人で隣の部屋に転がして襖を閉めた。

綱蔵は深い息をつき、今まで半次郎が喚いていた座を眺めた。

茶碗が転がり酒がこぼれ、肴の入っていた折り箱が散らばっている。しかし妙な静寂があった。

腰を落として散らかった物をかき集めている綱蔵の首元に、ふいに刀の切っ先が伸びてきた。

堀川が刀を抜いたのだ。

「堀川さん……」

「俺は半次郎のようにはいかぬぞ。わかっているな」

「二言はありません。半次郎と与七を片づけたら」

綱蔵は胸をぽんぽんと叩くと、

「路銀はたっぷりとお渡しします。どうぞその刀をお引きください」

「ふむ。もしも俺をこけにしたその時には、お前の命は貰う」

堀川はそう言うと刀を納めた。

九

一刻後、仕舞屋の庭の枝折《しお》り戸を押し開ける音がしたのは、夕陽が落ち海の上に月が昇った頃だった。

「来たな」

綱蔵が立ち上がって縁側に出た。

「お豊さん……与七だ」

与七がきょろきょろしながら庭に入って来た。だがすぐに縁側に綱蔵の姿を認めて、ぎょっとして立ち止まった。

「お豊さんを出してくれ」

与七は力を振り絞るようにして言った。

「気の毒だがここにはいねえぜ」

綱蔵は言い、にやにやと笑った。

「そんな筈はねえ、ここにお豊さんがいる、俺に会いたいと使いを寄越したんだ、お豊さんを何処にやった」

「馬鹿だなあお前は、端《はな》からここにはいないんだよ」

「何、騙したのか」

「そうだ。お前がお豊と添い遂げたいという夢は、あの世で果たして貰うことになる」

「何」

「お前はここで半次郎と決着をつけるためにやって来たんだ。そして二人は相打ちして果てた。そういう筋書きだが、飲み込めたかね」

いうや堀川が庭に降りた。

「な、何をするんだ」

与七はがたがた震えている。逃げようとしても足が動かなくなったのだ。

堀川が刀を抜いた。

与七は腰を抜かして尻餅をつき、

「や、やめろ……人殺し！」

大声を出す。

「さっさとやってしまいなさい」

いつの間にか廊下に現れた仁兵衛が言った。

「や、やっぱりお前か。ひ、ひ、卑怯者」

「与七、お前さんを巻き添えにするのは本意ではないが、いつまでもそんな顔してお豊の周りをうろつかれてはこちらが迷惑、疲れます。消えて貰うよ」

仁兵衛は堀川に頷いた。

「成仏しろ」

堀川が上段に構えたその時、何かが堀川の手首に飛んできて鈍い音を立てた。

「うっ」

堀川は刀を落とすと顔をしかめて蹲り、飛んできた物を見た。

橋廻りの小槌だった。

痛む手首をもう一方の手で押さえて木戸の方に目を遣ると、平七郎がふらりと現れたのだ。


「立花様」

与七は、ほっとして声を上げた。

同時に奥の座敷の襖が開いて、秀太が縛られて猿ぐつわをされている半次郎の縄尻を持って立っていた。

平七郎は、ゆっくり近づきながら、

「仁兵衛、山城屋殺害の下手人として浪人堀川、半次郎ともども召し捕る」

言いながら、横手から小刀で斬りかかった堀川の腕をねじ上げ仁兵衛を睨んだ。

「………」

仁兵衛と綱蔵は、大あわてで玄関に走った。

だがすぐに、大勢の捕り方に押されて戻って来た。

「証人はこの半次郎だ。真砂屋仁兵衛、番頭の綱蔵、珍品堂も今頃お縄になってる筈だ。それ！」

颯爽とした秀太の合図で、捕り方たちがわっと仁兵衛と綱蔵を取り囲んだ。

「引っ立てろ」

秀太は半次郎の縄をしっかりつかみ直すと、捕り方たちに言った。

後ろ手にしばられた堀川と仁兵衛と綱蔵が、捕り方たちにこづかれながら家を出て行く。

「しっかりしろ」

平七郎は、秀太の意気揚々たる背を見送ると、腰が抜けて這いずり回っている与七の腕をとって引き上げた。

「すまねえです、旦那……」

「これに懲りて仕事に専念するんだな、お豊も解放されるに違いない。お豊を思うのならなおさら、やり直せ。俺と約束してくれるか」

「へい……へい……」

与七は泣きそうな顔で何度も頷いた。

その時だった。

「与七さん……」

辰吉に付き添われてお豊が庭に入って来た。

「お豊さん……」

二人は見詰め合った。身じろぎもしなかった。言葉も交わさず相手の目を見詰めている。

「辰吉……」

平七郎は、辰吉と庭を後にした。

枝折り戸を閉めたその時、二人のすすり泣く声が聞こえてきた。


「あっ、帰ってきました」

だるま長屋の大家金五郎は、木戸をくぐって来る与七の姿を捉えると、平七郎とおこうににこりとして、

「与七さん」

外から帰って来た与七を手招きした。

与七は小走りして近づくと、

「立花様、おこうさん、この通りです」

ぺこんと頭を下げた。

「随分張り切ってるらしいな」

「はい、お陰様で新しく考案した袋も上々の売れ行きです」

与七は明るい顔で言い、背中にある風呂敷包みをくるりと下ろすと、その中に手を差し入れて袋を出した。

「まあ、素敵……でもこれほんとの印伝？」

「はい、本物です。革ですと傷みがありませんからね、実はこれはお豊さんが考案したものでして」

与七は、恥ずかしそうに言った。

「ほう……」

平七郎も取り上げて見る。

よくはわからないが、緻密《ちみつ》に作られた物だという事はわかった。

お豊はいま上州に帰っている。父親の故郷で、都落ちした父親が暮らしていて、それでしばらく父親と暮らすことにしたらしい。

むろん心の整理がつけば与七のもとに帰って来る、それは与七と約束済みだと聞いている。与七は気にしないと言ったらしいが、お豊の方が心にけじめをつけたいと言ったのだった。

「よし、俺も貰おう。二つくれ」

ちらとおこうを見て言った。

平七郎はその袋を、母親の里絵とおこうにと思っている。

「ありがとうございます」

与七の明るい声が返って来た。

一〇〇字書評

梅灯り

切り取り線

購買動機（新聞、雑誌名を記入するか、あるいは○をつけてください）

□（　　　　　　　　　　　　）の広告を見て
□（　　　　　　　　　　　　）の書評を見て
□ 知人のすすめで　　□ タイトルに惹かれて
□ カバーがよかったから　　□ 内容が面白そうだから
□ 好きな作家だから　　□ 好きな分野の本だから

●最近、最も感銘を受けた作品名をお書きください

●あなたのお好きな作家名をお書きください

●その他、ご要望がありましたらお書きください

住所	〒				
氏名		職業		年齢	
Eメール	※携帯には配信できません		新刊情報等のメール配信を 希望する・しない		

あなたにお願い

この本の感想を、編集部までお寄せいただけたらありがたく存じます。今後の企画の参考にさせていただきます。Eメールでも結構です。

いただいた「一〇〇字書評」は、新聞・雑誌等に紹介させていただくことがあります。その場合はお礼として特製図書カードを差し上げます。

前ページの原稿用紙に書評をお書きの上、切り取り、左記までお送り下さい。宛先の住所は不要です。

なお、ご記入いただいたお名前、ご住所等は、書評紹介の事前了解、謝礼のお届けのためだけに利用し、そのほかの目的のために利用することはありません。またそのデータを六カ月を超えて保管することもありませんので、ご安心ください。

〒一〇一－八七〇一
祥伝社文庫編集長　加藤　淳
☎〇三（三二六五）二〇八〇
bunko@shodensha.co.jp

祥伝社文庫

上質のエンターテインメントを！　珠玉のエスプリを！

祥伝社文庫は創刊15周年を迎える2000年を機に、ここに新たな宣言をいたします。いつの世にも変わらない価値観、つまり「豊かな心」「深い知恵」「大きな楽しみ」に満ちた作品を厳選し、次代を拓く書下ろし作品を大胆に起用し、読者の皆様の心に響く文庫を目指します。どうぞご意見、ご希望を編集部までお寄せくださるよう、お願いいたします。

2000年１月１日　　　　祥伝社文庫編集部

梅灯《うめあか》り　橋廻《はしまわ》り同心《どうしん》・平七郎《へいしちろう》控《ひかえ》　　時代小説

平成21年４月20日　初版第１刷発行

著　者　藤《ふじ》原《わら》緋《ひ》沙《さ》子《こ》

発行者　竹内和芳

発行所　祥《しょう》伝《でん》社《しゃ》

東京都千代田区神田神保町3-6-5
九段尚学ビル　〒101-8701
☎ 03（3265）2081（販売部）
☎ 03（3265）2080（編集部）
☎ 03（3265）3622（業務部）

印刷所　萩原印刷

製本所　ナショナル製本

ISBN978-4-396-33490-1　C0193

祥伝社のホームページ・http://www.shodensha.co.jp/

祥伝社文庫

藤原緋沙子
恋椿 橋廻り同心・平七郎控
橋上に芽生える愛、終わる命…橋廻り同心平七郎と瓦版屋女主人おこうの人情味溢れる江戸橋づくし物語。

藤原緋沙子
火の華《はな》 橋廻り同心・平七郎控
橋上に情けあり。生き別れ、死に別れ、そして出会い。情をもって剣をふるう、橋づくし物語第二弾。

藤原緋沙子
雪舞い 橋廻り同心・平七郎控
一度はあきらめた恋の再燃。逢えぬ娘を近くで見守る父。――橋上に交差する人生模様。橋づくし物語第三弾。

藤原緋沙子
夕立《ゆだ》ち 橋廻り同心・平七郎控
雨の中、橋に佇む女の姿。橋を預かる、北町奉行所橋廻り同心・平七郎の人情裁き。好評シリーズ第四弾。

藤原緋沙子
冬萌え 橋廻り同心・平七郎控
泥棒捕縛に手柄の娘の秘密。高利貸しの優しい顔――橋の上での人生の悲喜こもごも。人気シリーズ第五弾。

藤原緋沙子
夢の浮き橋 橋廻り同心・平七郎控
永代橋の崩落で両親を失い、深い傷を負ったお幸を癒《いや》した与七《よしち》に盗賊の疑いが――橋廻り同心第六弾！

祥伝社文庫

井川香四郎　あわせ鏡　刀剣目利き　神楽坂咲花堂

出会い頭に女とぶつかり、瀬戸黒の名器を割ってしまった咲花堂の番頭峰吉。それから不思議な因縁が…。

井川香四郎　千年の桜　刀剣目利き　神楽坂咲花堂

前世の契りによって、秘かに想いあう娘と青年。しかしそこには身分の壁が…。見守る綸太郎が考えた策とは⁉

井川香四郎　閻魔《えんま》の刀　刀剣目利き　神楽坂咲花堂

神楽坂閻魔堂が開帳され、悪人たちが次々と成敗されていく。綸太郎は妖刀と閻魔裁きの謎を見極める！

井川香四郎　写し絵　刀剣目利き　神楽坂咲花堂

名品の壺に、なぜ偽の鑑定書が？　上条綸太郎は、事件の裏に香取藩の重大な機密が隠されていることを見抜く！

藤井邦夫　素浪人稼業

神道無念流の日雇い萬稼業・矢吹平八郎。ある日お供を引き受けたご隠居が、浪人風の男に襲われたが…。

藤井邦夫　にせ契り　素浪人稼業

素浪人矢吹平八郎は恋仲の男のふりをする仕事を、大店の娘から受けた。が娘の父親に殺しの疑いをかけられて…

祥伝社文庫